Leta Semadeni

Amur, großer Fluss

Roman

Atlantis

Für die Arbeit an diesem Buch wurde die Autorin mit einem Werkbeitrag der Schweizer Kulturstiftung Pro Helvetia unterstützt.

www.atlantisverlag.ch
Lektorat: Daniela Koch
Covergestaltung: Lara Flues
Coverabbildung: taviphoto / photocase.de
Satz: Tristan Walkhoefer, Leipzig
Gesetzt aus der Stempel Garamond LT / 220170
Druck und Bindung: GGP Media GmbH, Pößneck
Auch als E-Book erhältlich
ISBN 978 3 7125 5002 1

Ognuno sta solo sul cuor
della terra
trafitto da un raggio di sole:
ed è subito sera.

Salvatore Quasimodo
(1901–1968)

I

Über der Ebene vor ihrem Haus schwebte ein Surren, wie man es in der Nähe von Telegrafenmasten hören kann. Die bleiche Wiese war größer als bei Tageslicht und vollkommen leer.

Schwindelerregend zu wissen, dass sich hier einst ihre Vorfahren getummelt hatten: Kinder, Erwachsene, Alte mit ihren Tieren, alle unter dem gleichen Mond und einige vielleicht auch mit dem gleichen Stein im Herzen, immer auf der Suche nach dem erlösenden Augenblick, nach dem furchterregenden Moment, der alles Weh zunichtemachte und jeden Zweifel löschte.

So viel Tod unter der Oberfläche und so viel Zeit.

Wenn die Zeit nicht wäre!, dachte Olga. Wenn man sie unter der Erde zum Verschwinden bringen könnte! Der Mond mit seinem kalten Licht würde die Eintrittsnarbe eine Weile erhellen, so lange, bis nur noch ein zarter, fadendünner Strich auf der Erdkruste darauf hindeutete, dass es sie einmal gegeben hatte, die Zeit, von der sie gelegentlich beinahe verschlungen wurde.

2

Vor Olgas Dorf fiel direkt neben der Straße der Hang mit den Birken schroff bis zum zischenden, tosenden Fluss hinunter. Im Herbst färbten sich die Blätter gelb, und der ganze Hang verwandelte sich in einen herzzerreißenden, atemberaubenden Goldrausch, der in den aufkommenden Winden wild hin und her wogte. Etwas später ging der Goldrausch kurz in ein Flammenmeer über, dann wurden die Blätter braun und fielen ab.

Es war die Zeit des wogenden Goldrauschs. Der nahe Hügel hellte sich auf. Darin eingestanzt die Umrisse des weißen Hauses, das ihren Großeltern gehört hatte, und davor flogen plötzlich zwei Raben krächzend in den Himmel hinauf.

Olga, die von einem Spaziergang zurückkam, schreckte aus ihren Gedanken auf. Sie hatte versucht, sein Gesicht aus der Erinnerung herbeizulocken. Als sie es das letzte Mal gesehen hatte, vor seinem Abflug nach Wladiwostok, war es grau gewesen, weil sie ihm hasszarte Vorhaltungen über seine vielen Abschiede gemacht hatte.

Sie ging ins Haus, stellte den Blumenstrauß in eine Vase und platzierte sie im Wohnzimmer vor dem alten Spiegel. Über die Spiegelfläche wanderte gerade eine

Fliege, lief bis in den leicht geöffneten Mund der darin gespiegelten Frau, die sie selber war. Der Zorn, der sie völlig unerwartet packte beim Anblick der Fliege, die in ihren Mund eindrang, ließ sie eine Weile fassungslos dastehen.

3

Als Olga klein war, wahrscheinlich ging sie noch nicht zur Schule, hatte sie einmal mit dem Großvater ein Konzert besucht, das in der Aula des Gymnasiums im benachbarten, größeren Ort stattfand. Soweit sie sich erinnern konnte, hatte der Pianist einen komplizierten japanischen Namen und spielte an diesem Abend die *Nocturnes* von Chopin. Er kam auf die Bühne, verneigte sich, hob mit Daumen und Zeigefinger die Spitzen der Frackschöße nach hinten in die Höhe, nahm Platz, ließ die Frackschöße langsam am Klavierstuhl nach unten gleiten und wartete, bis es so still war, dass Olga das Herz des Großvaters schlagen hörte. Dann drückte er die erste Taste. Olga wuchsen in Zeitlupe Flügel, alles um sie herum versank in einer Art Nebel, und sie schwebte im Saal über den vielen Köpfen, bis der letzte Ton verklungen war.

Auch der Großvater war noch eine Weile sitzen geblieben. Seine Hände lagen gespreizt auf seinen Oberschenkeln, und neben der rechten saß eine Fliege und putzte sich die Beinchen. Dann hatte er seine Hand auf ihren Kopf gelegt und sanft darübergestrichen.

Die Hand des Großvaters hatte für Olga eine große Bedeutung. Sie wünschte sich so sehr einen eigenen

Hund, aber die Großmutter wollte keinen zweiten, der alte Chan mache ihr schon genug Arbeit, sagte sie.

Um sie zu trösten, hatte der Großvater, als er schon sehr krank war, mit Olga das Hundespiel erfunden:

Seine Hände waren zwei Hunde. Olga kniete auf dem Boden, vor den zwei Hände-Hunden oder Hunde-Händen des Großvaters, die auf seinen Knien lagen. Die Hunde waren sehr unterschiedlich, einer war böse, der andere lieb. Sie konnten heulen wie Wölfe und winseln und bellen. Tat der eine nicht, was Olga wollte, so schlug sie ihn, und der Hund fing an zu winseln und musste gestreichelt und gestreichelt werden, damit er sich wieder beruhigte.

4

Olga stand an der Treppe und schaute in den oberen Stock hinauf. Radu sah ein wenig bedrohlich aus, riesig und fremd. Jedes Mal, wenn er wegfuhr, wurde er ihr ein wenig fremder.

Durch die leicht geöffnete Eingangstüre hörte man kurz das Rauschen des Flusses.

Dann wurde das ganze Haus von Freudengebell erfüllt. Oscar, der von seinem kurzen Morgenspaziergang zurückkehrte, freute sich immer, wenn er einen Koffer sah; das Tier liebte es, Zug zu fahren.

Langsam stieg Radu die Treppe hinunter, und als er vor ihr stand, berührte er sie mit den Fingerspitzen am Kopf.

5

Am Vorabend hatte Radu vom Glück des Geschehenlassens gesprochen. Olga stand neben ihm im Garten, und sie schauten auf den Fluss. Ihre Arme hingen an den Seiten herunter, die Hände berührten einander beinahe. Ein seltener Vogel ließ sich vom Fluss talabwärts tragen, und Olga erschrak plötzlich vor der Bedeutung, die er diesem Augenblick zufälligerweise gab.

Der Zehn-Uhr-Zug verschwand pfeifend am Horizont, der nahe Dorfbahnhof lag jetzt verlassen in der Sonne. Aus einem Lautsprecher kam Musik, ein langsames Lied; Olga glaubte, es zu kennen, aber die Worte wusste sie nicht mehr.

Aus dem Bahnhofsgebäude trat ein Junge, lief über die Gleise zum zweiten Perron, stellte dort seine Tasche auf den Boden und begann zu tanzen; zögernd zunächst, dann immer schneller und schneller, ganz mit sich allein.

Radu hatte den Kopf in den Nacken gelegt. Seine große Nase, die Olga an ein Fohlen erinnerte, war jetzt im Profil gut zu sehen. Er legte seine rechte Hand auf Olgas Haar, das über seine Schulter fiel. Sie rieb den Kopf kurz an ihm, schüttelte sich ein wenig und stand dann wieder aufrecht neben ihm.

Wörter reichten manchmal, aber oft auch nicht. Es gab Augenblicke wie Überfälle, Augenblicke, die sich sträubten gegen die Wörter und sich nicht von ihnen einfangen ließen. Olga packte heftig seinen Kopf mit beiden Händen, zog ihn zu sich herab und verbiss sich in seinem Mund.

6

Ihre Gedanken machten oft wilde Sprünge, wenn die Dämmerung einsetzte.

Am Morgen hatte Olga irgendwo in der Zeitung das Wort »Zeitkapsel« eingefangen, das ihr nicht mehr aus dem Sinn ging. Wäre es möglich, fragte sie sich, jetzt, da es langsam dunkel wurde, auch die Einsamkeit oder die Stille in eine Kapsel zu packen? Oder einen Geruch? Das wäre dann eine Einsamkeitskapsel oder eine Stillekapsel oder eine Geruchskapsel, die viele Jahre verschlossen überdauern könnte, bis sie plötzlich, im entscheidenden Moment, aufplatzte und die Einsamkeit, die Stille oder den Geruch vulkanartig ausspeien und ihren ganzen Körper fluten würde.

Während der Zubereitung des Chili con Carne war beim Öffnen einer roten Schote gerade so eine Geruchskapsel geplatzt. Sie katapultierte Olga in die gefährliche Nähe einer gleißend hellen Lichtung.

Warum nur sprach man von Lichtungen bloß im Zusammenhang mit dem Wald? Auch im Himmel gab es Lichtungen. Auch der Schmerz konnte sich auftun wie eine Lichtung.

Olga stand vom Tisch auf und holte das Brot aus dem Küchenschrank, und während sie vom Laib ein paar dünne Scheiben abschnitt, ging ihr durch den

Kopf, wie klein und unbedeutend alles wurde mit der Zeit. In der Kindheit waren die Brote riesig gewesen. Wenn so ein Brot auf dem Schneidebrett lag, hatte sie beide Arme ausbreiten müssen, um es an den Enden zu packen. Das Brot war größer gewesen als ihr kleiner Bruder, der auch so roch wie das Brot, wenn er frisch gewickelt war. Diese Kindheit hockte immer noch in ihr drin und intervenierte nach Lust und Laune.

Schade, dachte sie, dass es fast keine richtigen Bäcker mehr gibt. Als Kind hatte sie sich immer vorgestellt, wie vergnüglich es sein müsste, in der Morgendämmerung in aller Stille mit Hingabe im Teig zu wühlen.

7

Durch die halb offene Schlafzimmertüre konnte Olga Radu am Schreibtisch beobachten. Er schaute oft in die Ferne.

Die Versuche, ihn zu beschreiben, scheiterten jedes Mal.

Er hatte grüne Augen, aber was sagte das aus über sein Gesicht, das so anders war als tausend andere Gesichter mit grünen Augen?

Sein Haar war hell, im Sommer wurde es von der Sonne fast weiß, und im Gegensatz zu ihrer eigenen Haut nahm seine während des Sommers eine goldbraune Farbe an.

Das alles klang nach einem schönen Wesen, aber er war nicht schön, er war eher hässlich. Seine langen Beine wirkten zerbrechlich; es gab nichts Ungewöhnliches an ihm, worüber man sich hätte aufhalten können.

Wenn sie damals in Quito, an einem dieser brennenden Sonnentage, mit dem Lift nach unten gefahren und in die Helligkeit der Straße getreten war, stand er immer schon da, lehnte an seinem Geländewagen, fuhr sich vielleicht mit drei Fingern der linken Hand durch die Haare und schaute in den Himmel. Manchmal pfiff er etwas vor sich hin. Es sah so aus, als sei die Welt gerade erst von ihm erfunden worden.

Es war der Wimpernschlag, bevor er den Kopf drehte und sie am Eingang des Gebäudes erblickte, dieser kleine Augenblick, der haften blieb. Da, in diesem Moment, hatte sie es gewusst.

Doch wenn man es weiß, ist man schon auf dem besten Weg, es zu verlieren, dachte Olga. Das Glück wollte hautnah an seinen Menschen heran, es verlangte eine bedingungslose Hingabe. Man fand es nur in absoluter Selbstvergessenheit.

Sie hatte plötzlich angefangen zu weinen.

8

Als kleines Mädchen war Olga sehr neugierig gewesen. Verfing sich einmal ein Schlänglein im Rechen des Bauern, so war sie als Erste zur Stelle, um sich das ungewöhnliche, sich aufbäumende Tier anzuschauen. Brachte der Großvater Forellen nach Hause, sah sie der Großmutter beim Ausnehmen andächtig zu und wollte alles wissen über den glänzenden Knäuel im Inneren des Tiers; und warum es aus dem Körper entfernt wurde und ob es in ihrem Bauch auch so aussah.

Es gefiel ihr, mit der Leiter auf Schränke zu steigen, alle möglichen Schubladen zu leeren, zu sichten und nach ihren Vorstellungen zu ordnen. Wenn alle schliefen, schlich sie sich in den Korridor, spähte durchs Schlüsselloch oder hörte den Geräuschen der Nacht zu und wunderte sich über den pelzigen Geschmack der Dunkelheit auf ihrer Zunge.

Auch später blieb sie ungezogen, hungrig nach dem nächsten Moment und immer ein wenig zornig. Die Welt ließ sie sich von niemandem einengen. Sie wusste: Was man nicht sieht, gibt es trotzdem. Die Wirklichkeit war um ein Tausendfaches weiter und großartiger und riesenhafter und unglaublicher und rätselhafter und unbekannter.

Unter einer Kinderzeichnung stand in kleiner Handschrift *Olga, 4 Jahre alt.*

In der Mitte des Bilds prangte ein hässliches Kind mit grünen Haaren, einem roten Rumpf und ausgebreiteten Stricharmen, an denen zwei riesige Hände in Sonnenblumenform hingen. Das Gesicht des Mädchens war gesprenkelt mit roten und grünen Sommersprossen, es trug eine runde Brille über einem breiten Mund.

Am oberen Papierrand ragten schroffe Berge mit einer lachenden Sonne in den Himmel. Diese war aber viel unbedeutender als die zwei Sonnenhände des Kinds, die im Zentrum der Zeichnung standen und den Raum rundherum für sich beanspruchten.

Ich muss ein glückliches Kind gewesen sein, dachte Olga. Hier bin ich, sagte das Kind auf der Zeichnung, schaut mich an, ich habe viel Kraft in mir, mehr als die Sonne, und den gleichen lachenden Mund. Ich bin bereit, die ganze Welt will ich erobern, es gefällt mir auf dieser Welt.

9

Im Winter schien die Sonne gegen Mittag zum Seitenfenster herein und erhellte den sonst düsteren Eingang von Olgas Haus. Dort lag ihr Kleiner Tiger und wanderte dann mit der Sonne durch den Korridor, bis es Abend wurde und er seinen Lieblingsplatz, die rote Decke auf dem Wohnzimmersofa, erreichte.

Seit zwei Wochen wucherte rechts daneben eine Topfpflanze, die bei Olga in Pension war, während sich Elsa nach einer Hüftoperation im Kurheim erholte. Wegen ihrer Art, sich in alle Richtungen auszubreiten, wurde die Pflanze von ihrer Besitzerin der Grüne Elvis genannt – nach ihrem ehemaligen Geliebten, der auch die Tendenz gehabt hatte, sich in Elsas Leben gnadenlos auszubreiten.

Er hat die Sensibilität eines Büffels, pflegte Elsa zu sagen, wenn die Rede auf ihn kam. Keine Wand, kein Gegenstand hält ihn von seiner Triebhaftigkeit ab, er wuchert, als sei er der Mittelpunkt der Welt, was für ihn wohl auch stimmen mag, sagte sie. Gegen Abend würde Elsa ihren Grünen Elvis wieder abholen.

Olga setzte sich neben den Tiger aufs Sofa, griff nach dem Buch auf dem Glastisch, blätterte gedankenverloren ein paar Seiten um und legte dann die linke Hand genauso gedankenverloren auf den Rücken des Katers, der sich, laut maunzend, beleidigt davonmachte.

Den ganzen Tag hatte sie im Haus verbracht. Von draußen war wenig hereingedrungen, das metallische Schlagen einer Grille, Kindergeschrei, ein entferntes Rauschen und das Klopfen von großen Regentropfen an den Fensterscheiben.

Kurz vor sechs kam Elsa. Sie brachte verschiedene Becher und Dosen aus dem Feinkostladen mit, und während sie aßen, erzählte Elsa dies und das und ein bisschen Klatsch aus dem Nachbardorf, wo sich das Kurheim befand.

Die Frau des Bäckers hat ihrem Mann Hörner aufgesetzt, sagte Elsa. Er wühle seitdem zur Unzeit im Teig, das Brot sei ungenießbar geworden.

Mit wem, wollte Olga wissen, mit wem hat sie ihn betrogen? Mit dem Doktor, sagte Elsa. In der Zwischenzeit hatte es sich der Kater auf ihrem Schoß gemütlich gemacht.

Alleinstehende alte Frauen, sagte Elsa und legte die Hand auf den Rücken des Tiers, alte Frauen sollten unbedingt mit einem Kater zusammenleben. Diesen Tieren gelingt es, etwas Sanftmut aus unseren widerborstigen Seelen zu locken.

Aber wirklich alt, sagte sie nach einer Weile, wirklich alt ist man erst, wenn man sich nicht mehr an die Namen der Liebhaber erinnern kann.

10

Sie hatte Reis mit schwarzen Bohnen für ihn gekocht. Als der Pöstler läutete, sah sie schnell durch das Küchenfenster. Weit draußen preschte Oscar über die kahl gemähte Ebene. Der lang gezogene schwarze Tierkörper wurde immer kleiner und verschwand zwischen den Häusern am Horizont.

Nach dem Abendessen hatte Radu seinen Koffer gepackt. Olga hörte, wie er draußen im Korridor den Deckel zufallen ließ und sich bereit machte, sein »Basislager«, wie er Olgas Haus im Dorf nannte, zu verlassen, um seinen Zug Richtung Flughafen zu erreichen. Er hatte darauf bestanden, diesmal einen Nachtflug zu nehmen. Um das Zuschlagen der Tür nicht zu hören, schaltete Olga den Fernseher ein und starrte auf den Bildschirm.

Eine schwach beleuchtete Theaterbühne war zu sehen, darauf tanzte ein Paar einen Tango. Die Tänzerin legte gerade den abgewandten Kopf an die Schulter ihres Partners. Dann drehte sie ihn langsam zu ihm hin. Ihre Lippen näherten sich, bis sie sich fast berührten. Die Gesichter waren ernst.

Die Frau tanzte mit einem älteren Mann, der, vermutete Olga, die Leidenschaft kannte, und sie war schön, von jener Schönheit, die nichts Liebliches an sich hat.

Der Tänzer trug einen nachtblauen Anzug, die Tänzerin ein gelbes, am Saum ausgefranstes Kleid mit einem paillettenbesetzten Oberteil. Ihre Beinbewegungen wirkten wie Säbelhiebe.

Olgas Aufmerksamkeit galt dem, was sich zwischen dem Mann und der Frau abspielte. Beide hielten jetzt die Augen geschlossen und bewegten sich, als seien sie auf einem fernen Stern. Und als sie schließlich an seine Brust sank und ihr Bein mit spitzem Schuh nach hinten gleiten ließ und der letzte Takt verklungen war, wurde Olga bewusst, dass sie nicht einmal gehört hatte, wie die Haustüre ins Schloss gefallen war.

Im Lichtkegel auf der Bühne standen der Mann und die Frau nun da, als würden sie einander auflauern. Sein Hemd war verschwitzt, darunter zeichnete sich ein Bauchansatz ab. Plötzlich ließ sie sich fallen, und er schleifte seine Partnerin ruckartig noch ein Stück weit über den Boden, dann brach das Bild ab – Schnitt, Reklame für einen Frühstücksbrei, eine lange Kamerafahrt über ein vom Wind heimgesuchtes Ährenfeld.

Durch das offene Fenster waren die sich entfernenden Schritte von Radu auf dem Kies zu hören.

11

Bevor sie ein Wort miteinander gesprochen hatten, vergingen Wochen. Olga hielt sich damals einen Monat lang in Ecuador auf, um als Zeichnerin an einem wissenschaftlichen Projekt über Orchideen mitzuarbeiten.

Jeden Morgen war sie von Tumbaco mit dem Bus in die Stadt gefahren, jeden Morgen wiederholte sich der Kampf. Mit der Zeit passte sie sich den Gepflogenheiten der Einheimischen an, setzte sich im Straßengraben auf ein hartes Grasbüschel, wechselte die Schuhe oder putzte sie wie die einheimischen Frauen mit Speichel und einem ausgedienten Taschentuch, je nach Wetter.

Hielt der Bus, so galt es, schnell einen Platz zu finden. Scharfe Gerüche bedrängten sie, ihr Körper wurde hineingesogen in diesen Schlauch, durchgedrückt, durchgeknetet, zurechtgebogen und gestaucht. Die einzige Möglichkeit, den Schlauch unbeschadet wieder zu verlassen, war, den Körper einer Weidengerte gleich biegsam zu machen, sodass er sich den anderen Körpern anschmiegen konnte.

Auch der Mann war immer da. Körperlos. Nur sein Kopf ragte aus dem leicht schaukelnden Meer von Köpfen – und seine linke Hand, die sich am Lederriemen festhielt. Irgendwo hatte sie ihn schon gesehen. Anfangs musste sie seinen Kopf suchen, dann aber, nachdem sich ihre Augen zum ersten Mal getroffen hatten, wusste sie, wo er war: immer in der gleichen Ecke hinter dem Fahrersitz. In sicherer Entfernung. Sein Gesicht war kantig und voller Schatten. Zwischen ihr und ihm die wogenden Köpfe, die zusammengepferchten Körper, das Brummen des Motors. Keine Berührung, kein Wort, kein Missverständnis. Der Blick stolperte nicht über Gesten und Worte, die alles zurücknehmen konnten. Ungezähmt durfte er seiner Kraft freien Lauf lassen. Der Mann lächelt nicht. Die großen Dinge im Leben haben nichts gemein mit einem Lächeln. Auch sie ist ernst und ganz sie selber in dieser harten Begegnung.

Später wird sie seinen Namen erfahren: Radu. Und sie wird sich erinnern an ihn, an seinen Vortrag über den Amur-Tiger, damals im Internat.

12

Ihre Geschichte hatte in der Nähe angefangen, im Nachbardorf, kurz bevor Olga ihre Matura machte und zum Studieren in die Stadt zog.

Unter ihren Röcken trugen die jungen Mädchen zu dieser Zeit üppig gefertigte Petticoats, und wenn sie die steile Holztreppe vom Esssaal hinaufstiegen, wippten die farbigen Röcke bei jedem Schritt, bis sie oben ankamen und Schmetterlingen gleich links oder rechts in ihre Zimmer flatterten.

Der Mann stand am Fuß der Treppe und schaute den Schmetterlingen hinterher. Dort hatte Olga ihn zum ersten Mal gesehen. Später, am Nachmittag, hatte er ihnen in der Aula einen Film über den Fluss Amur und die mächtigen, an seinen Ufern lebenden Amur-Tiger gezeigt. Olga hatte sich mit klopfendem Herzen in die erste Reihe gesetzt.

Ein kleiner Tiger hatte ihr als Kind geholfen, die Einsamkeit zu ertragen. Als sie am Morgen eines 30. Mai erwacht war, hatte ein in rotes Seidenpapier gewickeltes Geschenk auf ihrem Nachttisch gelegen. *Der kleine Tiger* hieß das Buch, und für Olga war es das schönste Buch der Welt. Die Großmutter hatte es ihr zum Geburtstag geschenkt. Nie vorher und nie später hatte sie sich von jemandem so restlos verstanden gefühlt.

Wenn sie im Sommer den Weg durch den nahe gelegenen Wald nahm, zog sie die Schuhe aus, lief bis zur Lichtung, setzte sich dort ins taufeuchte Gras und las die Geschichte des kleinen Tigers, der wie sie ohne Eltern gewesen war. Und wenn Olga mit ihrem Buch im Gras fast verschwand, war es, als bräche in ihr etwas auf. Und die Zacken der Berge ragten an solchen Tagen ganz besonders scharf über den Baumwipfeln in den Himmel.

13

Sie hatte den ganzen Tag gezeichnet. Sie liebte ihre Arbeit. An der Hochschule für Gestaltung hatte sie sich zur wissenschaftlichen Zeichnerin und Illustratorin ausbilden lassen. Beim Zeichnen schlichen sich Gedanken aus der Kindheit in ihre Gegenwart: der Großvater mit seinen Geschichten, die Großmutter mit ihrem weichen, weißen Körper. Und während sie mit Hingabe jedes Detail der Pflanze auf dem Papier fixierte, setzte sie sich im Geiste ab und zu ins hohe Gras und wurde ganz klein.

Gegen Abend fiel ihr die Decke auf den Kopf; sie spazierte zum Dorf hinaus und quer über die große, in diesem Jahr schon zum zweiten Mal gemähte Wiese.

An ihrem unteren Rand bogen sich die Birken im Wind. Als sie zurückschaute, hatte die Abendsonne die Häuser des Dorfs in Brand gesetzt.

Erstaunlich, dachte Olga, wie die Seele die Außenwelt nach ihren eigenen Regeln einfärbt. Noch nie waren die Wälder auf der anderen Seite des Flusses so buntscheckig gewesen wie in diesem Herbst, der Himmel so blank und die Luft so klar. Die Landschaft war perfekt, denn sie trug schon zaghafte Anzeichen der Zerstörung in sich.

14

Auf der großen Wiese unterhalb der Alpenrose hatte einmal im Jahr der Viehmarkt stattgefunden. Beim Billigen Jakob konnte man alles kaufen, er bediente jede Illusion.

Interessierte sich niemand für seine Brillantine, so gelang es ihm trotzdem, Jung und Alt dafür zu begeistern, indem er erklärte, welche anderen fabelhaften, gesundheitsfördernden, verschönernden Eigenschaften die Brillantine auch noch besaß: Sie zauberte die schlechte Laune weg und war gut gegen Traurigkeit und Haarausfall. Und sie eignete sich hervorragend als Geschenk für die Großmutter oder für den Cousin, der gerade in der Pubertät steckte, denn die Brillantine konnte auch Altersflecken, Runzeln und Pickel zum Verschwinden bringen.

Auf seiner Auslage fand sich auch immer eine besonders schöne Tube in Gold, auf der neben einem Schwan mit roten Buchstaben das Wort *Schwanenweiß* stand. Sie kostete mehr, als Olga in einem ganzen Jahr zusammengespart hatte.

Lange war sie an jenem Tag vor dem Tisch stillgestanden, hatte abwechselnd auf den Billigen Jakob und auf die Tube gestarrt und geduldig auf das Wunder gewartet. Sie war in dem Alter, in dem der Zauber sich noch nicht in Illusion verwandelt hat. Sie wusste, dass sie heute mit dieser Tube nach Hause gehen würde, wenn sie nur genügend Ausdauer und Geduld besäße. In diesen Disziplinen hatte sie bisher die Erwachsenen immer geschlagen, sogar ihre Großmutter.

Sie war zu klein für ihr Alter, mager und ziemlich hässlich, und sie hatte früh gelernt, diesen Nachteil zu ihrem Vorteil einzusetzen. Ihr von Sommersprossen übersätes Gesicht und ihr schielendes Auge konnten jedes Herz erweichen.

In der folgenden Nacht hatte sie vor Aufregung nicht schlafen können. Unter dem Kissen lag »Schwanenweiß«, die Wundersalbe. Sie würde ihr Gesicht von den Sommersprossen befreien, es hell und klar machen wie das von Marilyn Monroe.

Lange war sie barfuß am Fenster gestanden und hatte hoffnungsfroh in den Himmel hinaufgeschaut. Dort, zwischen den schwarzen Wolken, entdeckte sie ein Nest aus Sternen und war überzeugt, das sei ein gutes Zeichen.

Das Gestrüpp am Ufer wirkte undurchdringlich. Nur an einer Stelle öffnete es sich und zeigte Olga eine winzige Insel auf dem im Mondlicht gleißenden Fluss. So weiß und leuchtend wie seine Schaumkronen, so makellos würde ihr Gesicht werden.

15

Im Zug, als sie Radu wieder einmal zum Flughafen begleitete, saß ein älteres Paar im Nebenabteil, eingepfercht zwischen schwerem Gepäck: vier Koffer und viele große und kleine Taschen. Die Leute schienen eine weite Reise vor sich zu haben; an den Griffen hingen verschiedene Etiketten von Flug- oder Reisegesellschaften. Der Mann sprach pausenlos von Verträgen, von einem Geschäft über eine halbe Million, das ihm gerade durch die Lappen gegangen war. Und während er wild gestikulierte und seine Frau gelangweilt aus dem Fenster schaute und mit ihrem Klunker am Zeigefinger spielte, begann ein Wecker laut zu piepsen. Der Mann durchsuchte die einzelnen Gepäckstücke, aber er konnte das Ding nicht finden. Der ganze Waggon begann, das Piepsen zu kommentieren. Die Batterien scheinen neu zu sein, rief jemand, andere lachten und klatschten. Der Mann suchte weiter in aller Ruhe akribisch seine zahlreichen Taschen ab, doch vergebens. Je länger das Piepsen dauerte, desto ärgerlicher wurden die Leute.

Und während der ganzen Zeit hielt Radu Olgas Hand. Er saß neben ihr, sie schauten zum Fenster hinaus, als ginge sie das alles nichts an. Und obwohl sie einander nicht ansahen, waren sie sich so nahe wie noch nie. Ein Hügel auf der gegenüberliegenden Seite des Tals hellte sich auf, und davor flog eine Schar von Vögeln aus dem Gebüsch.

Ihre schrillen Schreie drangen bis an die Fenster des Zugs.

Warum nennt man dich eigentlich Tigru?, fragte Olga unvermittelt.

Tigru ist das rumänische Wort für Tiger – und *Radu* bedeutet »der Glückliche«. Ich bin ein glücklicher Tiger mit rumänischen Wurzeln, sagte Radu. Meine Eltern kamen Ende der vierziger Jahre mit mir aus Rumänien in die Schweiz.

In Olgas Vorstellung war der Tiger immer vollgefressen und zufrieden. So sah sie ihn am liebsten, aber sie wusste: Ein Tiger konnte gefährlich werden, er konnte an einer unsichtbaren Stelle verletzt sein und sich vor Berührungen schützen wollen mit der Pranke.

Seinen Übernamen trug Radu seit seiner Schulzeit. Als Neunjähriger hatte er in einem Theaterstück über die Arche Noah eine kleine Rolle gehabt. Er war als Tiger auf der Bühne erschienen, in einem wilden Kostüm, das ihm seine Mutter aus Stoffresten zusammengenäht hatte. Und er war mit solcher Begeisterung vom Publikum gefeiert worden, dass ihm die Tigerhaut lebenslänglich anhaftete, obschon seine Rolle ganz unbedeutend gewesen war.

Fortan hieß er Tigru.

16

Olga fielen tausend Dinge ein, die sie ihm hätte sagen wollen, die sich jetzt aber zu einem unentwirrbaren Knäuel verwickelt hatten.

Unterdessen war die Nacht hereingebrochen. In der schwarzen Masse des gegenüberliegenden Gebäudes gab es ein hell erleuchtetes Viereck: Das zerwühlte Bett in jenem fremden Zimmer sah genauso aus wie das Bett, das sie beide vor wenigen Stunden verlassen hatten, es war, als hätte dort ein Kampf stattgefunden.

In Zukunft würde sie immer peinlich genau jede Falte, jede Kuhle auf Leintüchern, Kissen und Bettdecken zurechtziehen, denn der Anblick zerwühlter Betten war von diesem Tag an mit Abschied verbunden.

Sie ging ins Badezimmer und wunderte sich über die Wildheit in ihren Augen, die im Spiegel zu sehen war.

17

Ich möchte nicht mit schwerem Gepäck über den Jordan gehen, sagte Elsa. Ich möchte leichtfüßig am anderen Ufer ankommen. Bevor ich verschwinde, will ich noch ein bisschen Ballast abwerfen. Ein paar ungute Gefühle loswerden, fügte sie nach einer kleinen Pause hinzu und schaute Olga von der Seite fragend an.

Sie saßen schon seit einer Weile auf der Terrasse vor Olgas Haus, lasen oder schauten der Sonne nach, wie sie langsam hinter dem Berg verschwand.

Die Protagonistin in dem Roman, den Elsa gerade las, hatte einen ehemaligen Liebhaber aus Wut aus dem Fenster im zehnten Stock gestoßen, aber Elsa wollte unberührt bleiben von der Hässlichkeit der Gewalt, auch wenn sie nur auf dem Papier geschähe. Sie legte das Buch weg.

Was so jemand wohl noch denkt in der Sekunde vor dem unfreiwilligen Abflug? Ob man überhaupt noch etwas denkt? Ob man in solchen Momenten die Nähe des Bösen spürt?, fragte Elsa.

Jemandem Gewalt anzutun, das muss sehr viel Kraft kosten und eine gigantische Konzentration.

Elsa konnte sich nicht vorstellen, dass die Intensität solcher Gefühle unbemerkt bliebe. Dem Mörder oder der Mörderin, der oder die sich von hinten anschliche oder gar schon neben dem Opfer stünde, musste der Geruch der Gewalt aus allen Poren strömen, er oder sie musste geradezu nach Gewalt stinken.

18

In der Zeitung, die Olga am Morgen überflog, war heute auf Seite fünfzehn im Feuilleton ein Porträt des Teufels abgebildet. Er war unterwegs mit seinem Sohn, einem ausnehmend hübschen Kerl, ganz in Pelz gekleidet, mit einem grünen Gesicht und zwei wohlgeformten Hörnchen. Um seine Taille hing eine schwarze Kordel mit einem roten Glöckchen daran. Er lief beschwingt hinter seinem Vater her, dessen genaues Abbild er war.

Olga konnte sich nur schwer vorstellen, dass so muntere Kerle für das Böse in der Welt verantwortlich sein sollten. Es war eine Abbildung aus einem Manuskript aus dem sechzehnten Jahrhundert.

19

Das Klo des Hotels jenseits der Grenze – wo sie ein Wochenende verbrachten – müsse in die Literatur eingehen, hatte Radu gesagt. Außer im Süden von Ecuador hatten sie noch nie einen so originellen Lokus vorgefunden. Man saß auf der Brille in einem winzigen Schrank eingeschlossen. Wehe, man entspannte sich: Dann stießen die Knie die Schranktür auf, und man befand sich mit heruntergelassener Hose mitten im Zimmer. Eigentlich war es nur möglich, sein Geschäft zu erledigen, indem man halb stand und den Hintern so ausbalancierte, dass man das Gleichgewicht nicht verlor.

Als Olga am Morgen beim Frühstück auf Radu wartete, durchquerte ein Mann den Raum. Er fiel ihr auf wegen der Art, wie er den Mantel über die Schulter geworfen trug und ihn dann lässig auf den Stuhl legte. So hatte sie sich als Kind den König vorgestellt, wie er in seine Gemächer trat und sein mit Hermelin besetzter purpurroter Mantel zu Boden glitt.

Radu ließ auf sich warten. Er war eine Nachteule.

Bevor sie zusammengekommen waren, hatte er einmal gesagt, eine Frau, die am Morgen fröhlich sei, sei für ihn eine Strafe. Sie müsse knurren am Morgen und durch die Wohnung schlurfen. Menschen, die den neuen Tag fröhlich begrüßten, munter aus dem Bett sprängen und womöglich sofort die Vorhänge und die Fenster aufrissen und ihr Mitteilungsbedürfnis nicht im Zaum halten könnten, seien ihm ein Gräuel.

Man muss Zeit haben, hatte er gesagt, um in den neuen Tag hineinzuwachsen.

Am Tisch neben Olga saß ein anderer, alter Herr mit einem kleinen, rehfarbenen Hund. Sie kamen ins Gespräch. Schweizerin sei sie? Schweizer möge er nicht, sagte er und erzählte, die Schweizer hätten ihm sein Erbe gestohlen. Er habe sich nicht gewehrt, er diskutiere nicht mit Ignoranten. Die alte Hexe sei schuld. Dreiundneunzig sei sie gewesen, sie habe ihm alles genommen. Allein das Wohnzimmer sei siebzig Quadratmeter groß gewesen.

Der Hund heiße Chira. Er sei seit zwei Jahren mit einem Polizisten verheiratet. Ob wir glücklich sind?, fragte der Mann sich selber. Glücklich könne man nicht sagen, aber zufrieden, wir sind zufrieden, sagte er.

Die Schweizer seien alle Verbrecher, ein gesetzloses Land sei die Schweiz, alles Ignoranten, wiederholte er, worauf Chira aufgeregt zu heulen begann, als wolle sie ihrem Herrn beipflichten.

Alles haben sie mir gestohlen, fuhr er fort, mein ganzes Erbe, die große Villa, aber mit meinem Mann, dem Polizisten, geht es mir jetzt gut. Wir sind zufrieden, wiederholte er. Auch der Hund sei männlich. Das Weibliche ist schwierig, sagte der Mann, das habe er schon als Kind gewusst.

Plötzlich stand Radu mit noch nassem Haar neben Olga.

Ja, das Weibliche ist schwierig, sagte er und grinste.

20

Olga gefiel das Wort »mäandern«. Es gefiel ihr schon, als sie es noch nicht kannte, aber die Bedeutung des Worts hatte sie damals intuitiv verstanden. Zwischen dem Ä und dem A war so ein kleines Stolpern, da wurde ein Richtungswechsel angedeutet – und dann steckte noch das Wort »andern« oder »ändern« mit darin, dachte sie, zog die Strumpfhose nach oben und zupfte sie in der Taille zurecht.

Du mäanderst immer herum, wenn du redest, hatte Radu vorhin beim Frühstück zu ihr gesagt. Während sie sich nun vor dem offenen Fenster ihres Hotelzimmers anzog, dachte sie: Wie sich meine Augen verwandelt haben! Oder hatte sich das Außen verwandelt? Einen so schönen, frisch verschneiten Wald hatte sie noch nie gesehen.

Die Bäume am gegenüberliegenden Hang standen dicht an dicht und bildeten mit ihrem dicken Schneepelz ein gleichmäßiges Muster. Seltsam, mit dem Schnee und der Kälte stellte sich bei ihr sofort ein Gefühl von Nest und Wärme und von ineinander verschlungenen Körpern ein.

Du mäanderst immer herum, hatte er wiederholt, aber sie hatte ihm nicht geantwortet. Sie wusste nicht mehr, warum er das gesagt hatte.

21

In Ecuador war sie einmal auf eine Wanderung in den Urwald im Süden des Landes mitgegangen. Von der Film-Equipe kannte sie niemanden außer Radu, und auch ihn kannte sie erst flüchtig.

Sie wanderten einige Stunden durch eine Schlucht, dann begann der Aufstieg. Die Männer hatten unterwegs kleine Pilze gesammelt und gegessen. Olga weigerte sich, davon zu kosten, obschon sie meinten, sie schaffe den Aufstieg sonst nicht, die Pilze würden ihr Kraft geben.

Die Männer liefen die steile Flanke hinauf, als marschierten sie auf flacher Strecke. Sie keuchte ihnen hinterher, und manchmal kam Radu zu ihr zurück, reichte ihr seine Hand und zog sie eine Weile hinter sich her.

Auf dem Kamm angekommen, führte sie der Pfad ein Stück weit ostwärts, sie konnte sich ein wenig vom Aufstieg erholen, und ihr Atem nahm langsam einen ruhigeren Rhythmus an.

Dann kam die Stelle, wo sie die Schlucht überwinden und auf die andere Seite des Flusses übersetzen mussten. Einer der Männer schien sich gut auszukennen. Er führte Olga ganz nah an den Rand der Schlucht, wo er einen im Gebüsch versteckten Metallkäfig hervorzog und ihn von vertrocknetem Laub befreite. Dann setzte er sich in den kleinen Käfig und wurde mithilfe eines Seils auf die andere Seite der Schlucht gezogen.

Als Nächste war Olga an der Reihe. Sie hatte keine Wahl. Mitten im Regenwald alleine zurückzubleiben, das wäre ihr Tod gewesen. Also ließ sie sich in den Käfig schieben. Sie kauerte mit angezogenen Knien im grobmaschigen Zwinger, zitterte am ganzen Leib, machte die Augen zu und wartete darauf, in die Tiefe zu stürzen. Aber sie erreichte nach wenigen Minuten heil die andere Seite.

Radu kam als Letzter. Er sah, dass sie immer noch zitterte, und legte fast beiläufig seinen Arm um ihre Schultern. Auf einer kleinen Lichtung, einem Bananenhain, packten die Männer ihre Rucksäcke aus, sammelten große Bananenblätter und legten Mangos, Papayas und andere Früchte, deren Namen Olga nicht kannte, belegte Brote und Getränke darauf aus.

Radu saß etwas abseits, das Haar war ihm während des Marschs in die Stirn gefallen und klebte an der Haut. Er hatte den Kopf in den Nacken gelegt, die Augen waren geschlossen. Seine Hände lagen entspannt auf den Knien. Es war ruhig, niemand sagte ein Wort.

22

Im Krimi, den Radu bei ihr hatte liegen lassen, kam ein elsässischer Flötenspieler namens Paul vor. Dieser, der spätere Mörder, hatte eine große Sammlung von allerlei Instrumenten, von der kleinsten Sopranflöte bis zur riesigen Bassflöte und einigen Querflöten, nummeriert von 1 bis 27; und jedes Mal, wenn er mit seinem Mordopfer in spe telefonierte, durfte es eine Nummer wählen, und dann spielte Paul der Frau – denn seine Opfer waren alles Frauen – auf der entsprechenden Flöte die immer gleiche, herzergreifende Melodie aus einem alten Liebesfilm in den Hörer. Im Film wurde das Lied eingespielt, während die schöne, in weiße Spitallaken gehüllte junge Frau in den Armen ihres Geliebten das Leben aushauchte. Das hätte den Romanfrauen, wenn sie den Liebesfilm gesehen hätten, eine kleine Warnung sein können.

Der Mörder war Dokumentarfilmer, leidenschaftlicher Töfffahrer, seit Jahren geschieden und Vater eines kleinen Sohns. Bevor das Ende kam, verführte er die Frauen. Sie saßen mit wehenden Haaren und hüpfendem Herzen auf dem Soziussitz seiner schweren Honda, klammerten sich an ihn und ließen ganz Frankreich an sich vorüberziehen. Über das, was folgte, schwieg sich der Krimi aus. Man sprach in diesem Buch mehr über die Leichen als über den Weg dorthin.

Radu war Dokumentarfilmer, seit Jahren geschieden, er hatte früher eine Honda besessen, aber er war nie Vater geworden und, das war entscheidend, er konnte nicht Flöte spielen.

Sie legte das Buch auf die Knie und schaute aus dem Zugfenster. Ein Mann und eine Frau gerieten ins Bild. Sie liefen in einiger Entfernung mit einem Hund durch die baumlose Ebene nebeneinander her. Der schwarze Hund, es hätte Oscar sein können, lief voraus. Die Szene wirkte trotz des nach vorne drängenden Hunds und der Vögel am Himmel wie eingefroren. Das stille Morden schien sich auch draußen abzuspielen. Die Frau, der Mann und der Hund. Genauso harmlos hatte auch der Krimi angefangen: Mit einem Spaziergang über eine graue Ebene, und über den Köpfen zog ein Schwarm dunkler Vögel in wärmere Gefilde.

Olga las weiter. Das Rattern des Zugs wurde lauter und lauter, bis sich ein Schrei entlud. Sie hatte ihn selber nicht gehört, sie ahnte ihn nur, als sich einige Köpfe plötzlich umdrehten und sie anstarrten. Der Flötenspieler war gerade zum Mörder geworden.

23

Noch bevor sie die Augen aufschlug, wusste Olga, wie sich der Herbsttag draußen präsentieren würde. Im Laufe der Jahrzehnte hatte sie gelernt, anhand der Gerüche und Geräusche das Wetter zu deuten.

Die Konturen der Wiese hatten sich aufgelöst. Man ahnte nur den Fuß der Berge, die auf einem Teppich aus Nebelschwaden zu schweben schienen.

An solchen Tagen fiel ihr grauer Kopf gerne wieder ins Kissen und in das Gestrüpp des Traums zurück. An solchen Tagen war es schwer, daraus einen Weg zu finden.

Aus der Tiefe stieg ein Nachmittag in ihren Traum herauf. Musik war zu hören, das Zupfen von Geigensaiten, einzelne Töne fielen wie dicke Regentropfen in den Raum, und eine große Ruhe breitete sich in Olga aus.

Auf dem Tisch des Traums stand eine Teekanne mit einem langen goldenen Rüssel. Es roch nach Orangenblüten und nassem Hund. Auch der Traum selber erschien im samtblauen Mantel wie ein König und fragte mit lauter Stimme: Wie oft hast du Raubbau getrieben an den Seelen jener, die sich verführen ließen, mit dir aus dem goldenen Rüssel einen Tee zu trinken?

24

Als Kind hatte Olga, wie alle Kinder aus dem Dorf, im Hochsommer aus den Ritzen der geteerten Straßen mit dem Zeigefinger die schwarze Masse herausgeklaubt und gekaut. Der Teer war der verbotene Kaugummi ihrer kleinen Jahre gewesen.

Ihre spätere Vorliebe für Zigaretten und Großstädte mit der von Abgasen geschwängerten Luft führte sie auf diese frühe Prägung zurück. Der Teer hatte sich bis in ihre Seele hineingefressen, seine Bitterkeit hatte ihren Charakter geformt.

25

Zu dieser Zeit träumte sie häufig. In der Nacht hatte jemand – war es Radu gewesen? – die Vorhänge und die Fenster ihres Zimmers geöffnet; in die Dunkelheit des Innenraums war das Licht in Begleitung unzähliger Palmwedel hereingeschnellt, und sie hatte sofort gewusst: Draußen ist das Paradies!

Dann hörte Olga ein großes Rauschen.

Als sie die Augen öffnete, war es immer noch stockdunkel und das Paradies weit weg. In rhythmischen Abständen schleuderte der Wind den Regen gegen die Fensterscheiben.

Der Traum begleitete sie durch den Tag.

Sie musste eine Zeichnung fertig machen, was ihr schwerfiel, weil sie immer ans Paradies dachte, das zur Unzeit in ihr Haus eingedrungen war.

Auf den Leitungen draußen versammelten sich aufgeregt zwitschernd die Schwalben zum Abflug, und die fiebrige Erwartung, die in diesem Zwitschern lag, ließ Olga ganz übermütig werden.

Die Zeichnung stellte eine profane Graslandschaft dar. Es war ein kleiner Auftrag für eine Fachzeitschrift. Olgas Zeichnung sollte einen Artikel über die heilsamen Kräfte der Natur bei der Resozialisierung krimineller Jugendlicher illustrieren. Es ging dabei auch um die Frage, in welchem Alter und unter welchen Umständen der Mensch am meisten gefährdet war, kriminell zu werden.

Während sie ihre Utensilien auf dem Arbeitstisch bereitlegte, ging ihr wieder die Großmutter durch den Kopf.

Mit dem *Kriminellwerden*, hatte sie einmal mit einem Augenzwinkern zu Olga gemeint, mit dem *Kiminellwerden* sollte man besser warten, bis man alt ist. Dann macht es ganz besonderen Spaß, die Regeln einmal links liegen zu lassen, weil man im Alter sowieso nicht mehr ernst genommen wird und nichts zu verlieren hat. Und genau dann sollte man zuschlagen: wenn man ein harmloses, von Runzeln zerfurchtes, liebes Gesicht hat.

Ob die Großmutter ihr letzte Nacht den Traum vom Paradies geschickt hatte?

26

Es gab viel Nichtgesagtes, das Olga mit sich herumtrug, das immer öfter an ihr nagte und sie nicht schlafen ließ.

Über vieles hatten sie geredet, aber vieles, was sie Radu unbedingt hätte sagen wollen, war ihr im Halse stecken geblieben oder hatte es nicht einmal bis dahin geschafft, weil sie die richtigen Worte für das Mächtige, das sich in ihr abspielte, nicht fand.

Die Anwesenheit des Menschen, der einen streckenweise durchs Leben begleitete, war das eine. Wie das Auge darauf fiel und sie verwandelte, das war es aber, worauf es ankam. Das Sichtbare war nur eine Aufforderung: Mach dir ein Bild von mir. Auf ihrem Bild von Radu gab es noch viele Leerstellen.

27

Auch als Olga die Zimmertüre hinter sich geschlossen hatte, spürte sie seinen Blick auf ihrem Rücken. Jedes Mal, wenn die Distanz zwischen ihnen groß wurde, musste sie an eine verminte Blumenwiese denken. Der Streit entzündete sich meistens an banalen Dingen oder an solchen, die für ihn eine Bedeutung hatten, während sie für Olga bedeutungslos waren – und umgekehrt.

Mit der verminten Blumenwiese im Kopf stieg sie die Treppe hinunter. Sie fing an zu verstehen, dass das gemeinsame Leben in den letzten Monaten geräuscharm aus den Fugen geraten war. Als ob das nicht genug wäre, begann es draußen zu stürmen, Blitze folgten auf tiefe Donnerschläge, und gerade als die Haustüre hinter ihr ins Schloss fiel, setzte auch noch ein Platzregen ein. Das half. Sie wehrte sich nicht mehr. Ein stummer Schluchzer entwich ihrem Mund.

28

Unweit der Wüste Taklamakan gebe es eine Siedlung, deren Bewohner ein Herz aus Glas in der Brust trügen, erzählte Radu beim Nachtessen, das Olga zu Elsas Geburtstag gekocht hatte.

Elsa versuchte sofort, sich vorzustellen, wie es sich lebte mit einem Glasherzen, mit einem harten, zerbrechlichen Ding, dessen Schläge das Skelett zum Vibrieren brächten und wohl mit der Zeit brüchig machten. Das Glas würde so fremd im Fleisch stecken und nicht eins mit ihm werden.

Aus Glas fühlt sich mein eigenes Herz nicht an, sagte sie, aber manchmal kommt es mir vor, als hätte ich einen Eisklumpen anstelle eines Herzens. Es gibt Zeiten, da ist es ratsam, das Herz für eine Weile einzufrieren, damit es keinen Schaden nimmt.

Als Elsa nach Hause gegangen war, setzten sich Olga und Radu noch eine Weile auf die Terrasse.

Schon seit den frühen Stunden fuhr der Wind durch die Sträucher. Auf der Wiese des Nachbarn grasten ein paar Kühe. Ihr Pusten war deutlich zu hören.

Beim Betrachten der Kühe erwachte in Olga ein kleines, aber heftiges Sehnen nach hohem Gras.

29

In der Ausstellung eines italienischen Kunstmalers, die Olga zusammen mit Radu im Nachbardorf besucht hatte, war ihr ein Bild aufgefallen, das ging ihr nicht mehr aus dem Sinn: eine filigrane Zeichnung mit dem Titel »Ricordi di un viaggio nella mia Malinconia«. Es hatte ihr sofort gefallen, und darum hatte sie den Titel behalten.

Selber hatte sie auch einen kleinen Garten, der diesen Namen trug. Von Zeit zu Zeit zog sie sich dorthin zurück.

Auch in diesem Garten wuchs das Gras in dichten, grellgrünen Fäden dem Licht entgegen, und wenn der Wind um die Ecke brüllte und die Tage wieder einmal zu schnell nach vorne hetzte, legte sich Olga dorthin ins weiche Gras-Duvet und unterzog die vielen kleinen Gedanken, die auf der Strecke geblieben waren, in aller Ruhe einer genaueren Betrachtung.

30

Radu saß Olga gegenüber, und als habe er ihre Gedanken erraten, nahm er schnell eine Kiwi aus der Früchteschale und fing an, sie zu schälen.

Olga beobachtete ihn. Er schien ihr verändert. Er war weit weg.

Während sie die Kiwi aß, die der Mann für sie geschält und wie eine Bitte vor sie hingelegt hatte, sah sie, dass er im Begriff war, etwas zu sagen. Sie stand auf, verließ das Wohnzimmer und ging in den Garten.

Im Vordergrund der von Berberitzen gesäumten Ebene äste der junge Stier des Nachbarn. Obschon er sie gar nicht beachtete, machte Olga einen großen Bogen um ihn.

Als sie von ihrem Spaziergang zurückkam, war es schon dunkel im Haus.

31

Auf Radus Gesicht erschien sein breites Lächeln. Es war Olga immer ganz natürlich erschienen, dass er ihr fremd war. Es gab aber immer wieder diese winzigen Zeitzwischenräume, wo sie sich ihm ganz nah fühlte, zum Beispiel wenn sein Gesicht genau so ausschaute wie in diesem Moment.

Sie hatten zusammen mit einem befreundeten Paar, das sich auf der Durchreise befand, zu Abend gegessen.

Als sich die beiden verabschiedeten, war es schon spät.

Es war einer dieser heiteren Abende ohne Missklang gewesen. Man hatte am Tisch unter anderem auch über den Wert und die Tücken der Anerkennung gesprochen.

Als sie allein waren, nahm Radu die halb leere Tequila-Flasche von der Anrichte und goss zwei Gläser ein.

Nachdem er einen Schluck getrunken hatte, sagte er zum Thema: Bei zu viel Anerkennung gerät man in Gefahr, die Unbekümmertheit zu verlieren, und das wäre jammerschade, denn man weiß nie, was einem das eigene Wesen noch für Überraschungen bereithält, wenn man es an der langen Leine hält.

Sie setzten sich nach draußen auf die Terrasse.

Das Gesicht des Monds hatte sich verändert, seit Radu mit einer Flasche Tequila aus Mexiko zurückgekehrt war. Der ausgiebige abendliche Genuss von Tequila hatte dem Himmelskörper einen anderen Ausdruck verliehen. Er war so geheimnisvoll wie noch nie. Sie tauften ihn feierlich *Tequila Moon*, standen stumm im Garten nebeneinander und vergaßen, sich zu küssen. Der Tequila hatte den Mond von seiner jahrmillionenalten Patina befreit, hatte ihn blank poliert, er leuchtete wie neu und löste mit seinem Licht alle Schranken. Die Seele wurde ganz übermütig in diesem Licht und konnte ihre Türsteheraufgabe am Eingang des Bewusstseins nicht mehr erfüllen; Empfindungen und Erinnerungen purzelten ungehindert ins Freie.

Aus einem bis dahin noch dunklen Winkel von Olga löste sich ein ungeheurer Brocken von Liebe, und ihre schlafschweren Augenlider schimmerten im Licht des *Tequila Moon*.

32

Von ihrer Großmutter hatte Olga gelernt, dass es ausnahmsweise nützlich sein konnte, *ein kleines bisschen zu hassen*. Vulkane müssten auch manchmal Feuer speien, um den inneren Druck loszuwerden, hatte sie erklärt.

In manchen Häusern des Dorfs führte der Hass das Leben eines gut genährten Stubentigers. Unbemerkt von allen war er Teil des Alltags geworden und sorgte dafür, dass die Liebe im Dorf nicht überhandnahm und die Welt in ein Schlaraffenland verwandelte. Und damit stellte er sicher, dass die Erde sich auch in diesem gottverlassenen Nest in den Bergen immer weiterdrehte, dachte Olga.

Sie saß an ihrem Schreibtisch und überlegte, ob sie Radu schreiben sollte. Vielleicht war es besser, noch abzuwarten, bis ihr *kleiner Hass* auf ihn, der mit den vielen Abschieden und den vielen Ankünften zu tun hatte, sich verflüchtigte.

Draußen regnete es. Es war ein sanfter Frühlingsregen; es war Samstag, es herrschte vollkommene Stille im Haus. Außer dem freundlichen Plätschern der Regentropfen auf dem Marmortisch auf der Terrasse hörte man nichts.

33

Die Beine an den Körper gezogen, den Kopf angelehnt saß Olga auf dem Kiesstreifen vor der Mauer. Vor ihr fiel die Wiese auf eine Böschung hinunter, aus der die magere Krone eines Fliederbuschs ragte.

Neben ihr saß Elsa und reihte Unzusammenhängendes aneinander, während sie mit geschlossenen Augen das Gesicht der Sonne entgegenstreckte. Olga verstand nicht immer, was ihre Geschichten zusammenhielt, es war nicht leicht, ihr zu folgen. Ihre Art zu erzählen erinnerte Olga an einen flüchtenden Hasen, der Haken schlägt und ständig die Richtung wechselt.

Es gibt nichts Schrecklicheres, sagte Elsa unerwartet und öffnete ganz kurz die Augen, als in der prallen Sonne einen Schmerz mit sich herumzutragen. Dafür ist die Dunkelheit besser geeignet.

Die Nacht, sagte sie, ist für mich der ideale Zustand. Sie nimmt den Dingen die scharfen Kanten. Und sie macht schläfrig, fügte sie nach einer kleinen Pause hinzu und kicherte.

Aber wenn die Nacht ihre Tore schließt und mich der anderen Welt ausliefert, bin ich in Gefahr.

34

Auf dem Weg nach Hause kam Olga an der Wiese vorbei, wo im Frühling und im Herbst die Kühe weideten. Sie hielt an, stand kurz wie angewurzelt da, schaute vor sich hin und begann dann plötzlich, sich aufzublähen: *um sich dem massigen Körper der Kühe näher zu fühlen*, wie Elsa es ihr geraten hatte. Das gab ihr Kraft. Sie brauchte jetzt Kraft, um ihren Alltag zu bewältigen und um über ihre Fehler nachdenken zu können.

Die Großmutter hatte einmal erzählt, in der italienischen Sprache gebe es den Ausdruck *errori non falsi*, was Elsa mit »nicht falsche Fehler« übersetzt hatte. Es gab also auch gute Fehler.

Fehler können wunderbar richtig sein, hatte die Großmutter gesagt. Olga hatte von ihr gelernt, Menschen, die alles richtig machten und auf alles eine Antwort parat hatten, zu misstrauen.

In diesem Zusammenhang hatte die Großmutter auch von einem griechischen Philosophen erzählt, der die Menschen in zwei Gruppen einteile: in die »Ausrufezeichen« und die »Fragezeichen«.

Ein »Ausrufezeichen« ist ein Mensch, der nur darum keine Fehler macht, weil er sich selber für unfehlbar hält, hatte sie gesagt.

Hüte dich vor solchen Menschen, halte dich immer an die Fragezeichen!

35

Auf dem Esstisch stand noch die Vase mit den Tulpen – sieben an der Zahl – mit zweifarbigen Blütenblättern. Überraschend löste sich ein fleischiges Blatt von seiner Blüte und fiel mit einem erstaunlich dumpfen Geräusch auf die Glasplatte. Darin spiegelte sich durch die Terrassenfenster der immer noch verschneite Berg.

Das Bild riss Olga aus ihren Gedanken. Sie schüttelte den Kopf und die Schultern, wie es der Kleine Tiger machte, wenn er aus dem Regen nach Hause kam.

Unterdessen lagen die roten Blütenblätter mit den gelben Spitzen rings um die Vase herum verstreut. Zwischen ihnen funkelte ein toter Käfer. Auch die Tulpe hatte ihr Leben ausgehaucht.

36

Ein starker Wind war am späten Nachmittag aufgekommen. Der sich bauschende Vorhang am Fenster auf der Gartenseite warf unruhige Schatten an die Wand.

Als sie realisierte, dass sie den ganzen Tag nur gezeichnet und noch nichts gegessen hatte, schob sie die Arbeit zur Seite und ging in die Küche.

Die Schere glitt durch die Leber in ihren Händen. Es wäre besser gewesen, sie hätte sie vom Metzger schneiden lassen, denn der Geruch des rohen Fleischs kappte ihr augenblicklich den Appetit. Angewidert packte Olga die blutige Masse wieder ins Wachspapier, stellte das Päckchen in den Kühlschrank und ging hinaus in den Garten. Oscar hätte sich gefreut.

Das Dorf lag in einiger Entfernung wie zur Erinnerung da.

Die Herbstluft hatte die Gipfel im Osten ganz nah herangelockt; sie schauten freundlich ins Tal, das sie zu beschützen schienen.

Besonders zu dieser Zeit, wenn das Licht gläsern wurde, fühlte sie seine Abwesenheit als dumpfes Pochen, das den Tag in Fragmente zerlegte.

Das Dunkle häufte sich in letzter Zeit. Es legte sich schichtweise übereinander, wie die Jahresringe an einem Baum. Je mehr sie über die Welt zu wissen meinte, desto untröstlicher wurde sie ihr.

Alles, was sich in ihrem Leben angesammelt hatte an wirklichen und unwirklichen Dingen, wurde eine Beute der Zeit.

Nach einer Weile meldete sich wieder der Hunger. Sie kehrte in die Küche zurück, schlug ein Ei in die Pfanne und setzte sich mit dem Teller an den Tisch.

Um acht Uhr, pünktlich wie immer, erschien Elsa. Am Sonntagabend kam sie meistens nach ihrem Spaziergang auf einen Schwatz vorbei. Sie trug ihr rotes Sonntagskleid, das besonders gut zu ihren fremden, schwarzen Haaren passte. Das Rot glich dem pulsierenden Rot, das man als Kind bei geschlossenen Augen sah, wenn man den Kopf himmelwärts hob und der Sonne darbot.

37

Es war Herbst, es war wieder Herbst.

Sie nahm Radus Brief aus dem Briefkasten, setzte sich ins Gras, und es wurde still in ihr. Sie mochte das Gras, wie es sich im Herbst hinlegte zum langen Schlaf.

Erst nach einer Weile öffnete sie den Brief. Radu war für zwei Wochen auf dem Dnjepr unterwegs. Im vergangenen Jahr hatten sie die Strecke von Kiew bis Odessa und dann übers Schwarze Meer bis zur Krim zusammen gemacht.

Als das Schiff mitten in der Nacht den Dnjepr verlassen hatte und aufs offene Meer hinausgeschlittert war, schaukelte und ruckelte es so stark, als sei es mit ihnen aus dem All gefallen. Olga und Radu saßen in Decken eingewickelt auf dem oberen Schiffsdeck. Es war der Ort, wo er ihr zum ersten Mal von seinem Plan erzählte, im Gebiet des Amur an der jährlichen Zählung der Amur-Tiger teilzunehmen. Wahrscheinlich, hatte Olga gesagt, gibt es dort keine Lärchen, die im Herbst immer lichter und leichter werden, bis nur noch ihr Gerippe übrig bleibt? Oder doch? Wie sieht es dort aus?

In den Nächten waren sie regelmäßig von den Geräuschen aus der Kabine gegenüber erwacht. Immer nach Mitternacht begann ihr Nachbar zu husten. Es klang wie das Bellen eines Rehs. Etwas schien dem Mann ständig auf den Fersen zu sein.

Oder waren es nur Projektionen ihrer eigenen Unruhe gewesen?

Die Tage auf dem Schiff waren überraschend schnell verflogen.

Und das Schwarze Meer war während der ganzen Überfahrt bis zur Krim Kulisse geblieben.

38

Nach dem Spaziergang im Nebel ging sie sofort in die Küche; die kühle, feuchte Luft hatte sie hungrig gemacht.

Wie sah Erinnerung aus?

Der Raum weckte etwas in Olga. Zunächst konnte sie nicht erkennen, woran das lag, aber dann blieb ihr Blick auf dem Brot auf der Anrichte liegen.

Eine dunkle Freude bahnte sich langsam einen Weg zurück durch die langen, vom vergangenen Leben hallenden Korridore der Zeit bis in jene Tage, da ein Brot noch lebendig werden und einen menschlichen Geruch ausströmen konnte.

Manche Dinge, dachte sie wieder, wurden im Laufe des Lebens klein und unbedeutend. Ein Brotlaib war einmal so groß und so bedeutend gewesen wie der kleine Bruder, der noch in den Windeln lag.

Durch den Spalt, den das Brot auf der Anrichte geöffnet hatte, kroch ein Licht in ihre Gegenwart, und der tote Bruder erwachte aus seinem ewigen Schlaf.

39

Was für eine Nacht!, dachte sie.

Da war wieder dieser große, weiße Mond im lachsfarbenen Himmel. Olga saß im Auto und massierte mit Daumen und Zeigefinger ihr linkes Ohrläppchen, wie sie es immer tat, wenn sie nicht weiterwusste.

Auf der Passhöhe war es heller geworden.

Links von der Straße lag der Bergsee, blauschwarz, dahinter stieg die Steinwüste an, silbrig glänzend an manchen Stellen, pistachegrün dort, wo sich die Flechten angesiedelt hatten.

Sie hatte Radu zum Flughafen gebracht und beschlossen, über den Pass nach Hause zu fahren. Unterwegs stieg sie in einer alten Pension ab.

Die Nacht war schrecklich gewesen. Anstatt unter einem weißen Duvet einzuschlafen, hatte sie unter einem mit wildem Blumenmuster bezogenen bleiernen Etwas wach gelegen und, um sich abzulenken, überlegt, wie die Konsistenz dieser Bedeckung am besten zu beschreiben wäre.

Die Leuchtziffern des Weckers hatten 3.15 Uhr angezeigt, als sie plötzlich beschloss, abzureisen.

Wie ein dicker Karton, der sich mit Wasser vollgesaugt hatte, ja, so hatte sich das angefühlt, was auf ihr lag und sie am Schlafen hinderte.

Um abgedeckt zu schlafen, war es im Zimmer aber zu kalt gewesen, und zum Lesen war der Raum nicht geeignet. Es gab keine Leselampe, nur eine schmutzig grelle, von Fliegen umschwärmte Neonlampe an der Decke, und der Fernseher funktionierte auch nicht: Kein Signal. Die Matratze unter ihr war hart wie ein Brett, aber nicht flach wie ein Brett. Olga rutschte auf ihr seitwärts ab und landete nach kurzer Zeit mit der Nase an der mit zartgrüner Ölfarbe gestrichenen Wand – und einmal, als sie sich umdrehte, sogar auf dem kalten Linoleumboden.

Draußen hatte es zu regnen begonnen. Das Rauschen hinter der Fensterscheibe war angeschwollen.

Lautlos hatte sie sich angekleidet, das Zimmer und die Pension verlassen – und war losgefahren bis hinauf zur Passhöhe mit dem kleinen See.

Dort blieb sie reglos im Wagen sitzen, bis ein erster Sonnenstrahl die Windschutzscheibe traf.

Gleichzeitig stieß von links hinter einem Felsen ein kleines Boot in das auf dem Wasser gleißende Licht vor.

Endlich konnte sie sich rühren, stieg aus dem Wagen und machte ein paar Schritte in Richtung See, der von der Passstraße geteilt wurde. Das Boot erreichte das Ufer, ein Mann stieg aus. Kommen Sie, sagte er, wir öffnen erst in einer halben Stunde, aber wenn Sie schon da sind, kommen Sie!

40

Radu setzte sich zu ihr an den Tisch, ohne das Licht anzuzünden.

Durch die offene Schlafzimmertüre war im Schein der Straßenlampe sein zerwühltes Bett zu sehen, wo er sich ein paar Stunden von der Zeitverschiebung erholt hatte. Als er sich die Uhr, die neben der Teekanne gelegen hatte, wieder anzog, leuchtete für einen kurzen Moment die perlmuttfarbene Innenseite seines Handgelenks auf. Sie hatte für Olga etwas von einem geheimen Ort, wie das Innere einer Muschel, die man als Kind immer wieder ehrfürchtig ans Ohr gehalten hatte, um das Rauschen des fremden Meeres zu hören.

Radu roch nach Apfel, aber diesmal war es eine Täuschung. Der Apfel steckte in Olgas eigener Jackentasche. Sie nahm ihn heraus und hielt ihn auf der offenen Handfläche Radu entgegen. Er stülpte die Lippen immer ein wenig nach außen beim Kauen.

Draußen war es dunkel geworden. Nach Einbruch der Nacht, dachte Olga, macht sich die eigene Nichtigkeit am eindringlichsten bemerkbar. Dann brauchte man einen Mann mit einem Apfel.

41

Während Radu von seinem nächsten Film sprach, wurde ihr Blick nach draußen gelenkt. Ein Hase hoppelte gerade über die Terrasse. Die Umrisse des flauschigen Tierkörpers waren gut sichtbar vor dem Hintergrund des frischen, zu früh gefallenen Schnees. Olga hörte Radu zu, aber gleichzeitig versuchte sie, dieses Bild des hoppelnden Hasen in ihrem Innern festzubinden und einen Augenblick in dieser kleinen Freude zu verweilen.

Er war diesmal eine ganze Woche lang bei ihr im Dorf geblieben, und es hatte sich ein beinahe wortloser, luftiger Zustand zwischen ihnen eingestellt.

Das Glück, es war in Wirklichkeit ein unwirtlicher Ort, ganz nahe am Abgrund gebaut, dachte Olga, als er abgereist war. Dem schönsten Augenblick wohnte immer auch der schrecklichste inne. Nur mutige Menschen konnten ihn finden.

Sie stand im Wohnzimmer am Fenster, neben der Stehlampe mit dem weißen Seidenschirm, einem Relikt aus vergangenen Tagen. Die Farbe des Schirms erinnerte bei eingeschaltetem Licht an Radus Handgelenk. Bei Einbruch der Dämmerung dachte sie oft an diese Stelle seines Körpers.

Die Lärchen verfärbten sich dieses Jahr wegen des frühen Schneefalls schneller als sonst, aber das helle Orange ihrer Nadeln, das sonst nur kurz den Übergang markierte, blieb lange bestehen und ließ die Lärchen zwischen den dunklen Tannen als lodernde Flammen aufleuchten.

Olga verließ das Wohnzimmer, um sich ein Bad einlaufen zu lassen.

In Quito würde Radu in dem Hotel logieren, wo die Badewanne mit den Löwenfüßen stand. Sie hatte die Wanne an einem sonnendurchfluteten Morgen entdeckt, als sie ihn dort, während ihrer Arbeit an den Orchideen, besuchte.

In seiner Gegenwart wurde ihr immer wieder bewusst, dass es tausend Dinge gab, die auch mit der größten Sorgfalt nicht wirklich benennbar waren: all das, was sich zwischen den Wörtern tummelte und sich ihnen gerne verweigerte.

42

Es gab seit ihrer frühen Kindheit eine diffuse Angst, die sie an manchen Tagen ohne Not überfiel und sich an sie heftete.

Um wieder ins Gleichgewicht zu kommen, verließ sie ihren Arbeitsplatz im Konferenzraum des Hotels, wo sie den ganzen Morgen an den Orchideen gezeichnet hatte, und machte sich auf den Weg ins Museum. Dort setzte sie sich im kleinen Ausstellungssaal links von der Treppe auf einen Stuhl und vertiefte sich in die kleine Skulptur aus Gold, die einen Frosch darstellte.

An der Skulptur gefiel ihr am meisten der Gedanke an ihren Schöpfer, der vor vielen Jahren das Gleiche angeschaut hatte wie sie in diesem Augenblick. Das gab ihr ein Gefühl der Verbundenheit mit ihm, mit allem, was vergangen, was gegenwärtig war und was sein würde. Jedes Mal, wenn sie den goldenen Frosch betrachtete, wurde sein Schöpfer dem Vergessen entrissen.

Auf ihrer gemeinsamen Reise an die Ufer des Aguarico wird sie das Museum mit Radu später wieder besuchen. In orangefarbene Schwimmwesten eingepackt, waren sie eine Woche lang mit zwei amerikanischen Touristen in einem motorisierten Kanu auf dem Nebenfluss des Amazonas unterwegs gewesen, links und rechts das dichte grüne Reich der Pflanzen und Tiere. Und plötzlich waren diese riesigen veilchenblauen Schmetterlinge ganz nahe an ihrem Kanu vorbeigeschwebt. So könnten Engel aussehen, wenn es sie gäbe, hatte Olga gesagt.

43

Es kamen wieder die Herbsttage mit dem zarten Dunst über den Feldern. Tagelang roch es stark nach Erde, und der Geruch trug Olga in die Zeit zurück, als sie der Erde noch ganz nahe war, so nah wie später nie mehr – und auch dem Bösen noch unvoreingenommen zugetan, als sei das Böse einfach nur eine Möglichkeit unter vielen.

Etwas später im Jahr begannen die Kamine des Dorfes Fumarolen in den Himmel hinauszustoßen. Das Dorf hatte Ähnlichkeit mit einer vulkanischen Landschaft, unter der Oberfläche brodelte es immer ein bisschen.

Am Abend hatte Olga lange in der fast leeren Pizzeria am Hauptplatz auf Radu gewartet.

Eigentlich war es ein gewöhnlicher Tag gewesen, nichts Besonderes; und wahrscheinlich hätte sie den Tag schon längst vergessen gehabt, wäre da nicht die Frau mit dem Mops gewesen.

Das schwarze Hündchen im flauschigen türkisfarbenen Pullover, das auf dem Schoß der Frau am Nebentisch saß, ihre Frisur, ihre Kleidung, ihre dazu passenden türkisblauen Schuhe und die assortierte Handtasche: Dies alles wirkte hier fremd – sogar ihre Worte, mit denen sie den Hund tätschelte und hätschelte, derweil das Tier würdevoll und etwas gelangweilt aus dem Fenster schaute.

Dann ging plötzlich das Licht aus. Drinnen und draußen. Es war Neumond, die Dunkelheit war so vollkommen, dass Olga meinte, eine schwarze Mauer vor sich zu haben. Sie stand auf, wollte einen Lichtschalter suchen, aber die schwarze Mauer öffnete sich nur kurz. Der Mops bellte. Sie musste vorsichtig und langsam einen Schritt nach vorne machen, dann schloss sich die Mauer sofort wieder, und es gab einen kurzen Moment, in dem sich die Dunkelheit in eine dicke Suppe verwandelte, die nach ihren frühen Albträumen schmeckte. Der Mops bellte ununterbrochen.

So plötzlich, wie es ausgegangen war, ging das Licht wieder an. Radu stand in der Eingangstüre, mit einem breiten Lachen im Gesicht.

44

Die Traumwiese war übersät mit Gespenstern. Es brauchte eine Weile, bis sich Olga von ihnen entfernen, die Augen öffnen und wach werden konnte.

Es war die Zeit, in der alles noch möglich war, wo es ihr gelang, den Gespenstern auszuweichen und dem Albtraum zu entkommen. Alles war noch in der Schwebe, noch konnten alle Entscheidungen getroffen werden, der Tag war noch jung – und der Morgennebel befreite sie außerdem von der Verpflichtung, fröhlich zu sein und hinauszugehen. Einen sonnigen Tag zu Hause zu verbringen, galt im Dorf als verdächtig.

Doch Olga verabscheute nichts mehr als diesen wolkenlosen, stählernen Himmel mit schwarzen Bergzacken und einer Sonne, die einem das Gehirn versengte – während ganze Karawanen von Menschen in roten Socken und Wanderschuhen vorbeizogen.

45

Olga war gerade dabei, die weißen Cosmea auf der Terrasse zu gießen, da durchfuhr sie plötzlich ein scharfer Laut. Er kam nicht von außen, er erinnerte sie an eine Szene, die sich jedes Mal wiederholte, wenn Olga früher zusammen mit der Großmutter die Dorfschneiderin aufgesucht hatte. Sie brachten ihr alte Hemden des Großvaters, die vom vielen Tragen und Waschen weich und flauschig geworden waren.

Aus diesen von der Haut des Großvaters durchdrungenen Stoffstücken waren damals unter den zerstochenen Fingern der Schneiderin Olgas Röcke und Blusen entstanden; und manchmal war aus den Resten auch noch etwas für Elsa übrig geblieben.

Die Schneiderin machte an der richtigen Stelle einen kleinen Schnitt. Dann riss sie mit einer kraftvollen Bewegung das Hemd entzwei.

So ein Geräusch hatte Olga gerade gehört. Rundherum war alles still, es war kurz vor Mittag, der Schatten war direkt unter ihr, ihr ganzer Körper war angespannt.

Dann läutete das Telefon.

Zurzeit befand sich Radu irgendwo an den Ufern des Amur.

Als Olga früher einmal beim Schneiden der Bäume

von der Leiter gefallen war und sich das rechte Handgelenk in Stücke gebrochen hatte, musste sie viele Wochen lang einen *Fixateur externe* tragen. Nach Entfernung des Apparats hingen Arm und Hand wie ein fremder, mit Knochen gefüllter Hautsack an ihr herunter. Es dauerte lange, bis es ihr gelang, dieses wilde, an ihr haftende Fleisch zu zähmen.

Olga stand immer noch unbeweglich auf der Terrasse und schaute an sich hinunter. Wie viel Zeit würde es brauchen, um ihren ganzen Körper wieder zu zähmen?

46

Olga saß in ihrem Zimmer am Tisch, umfasste mit beiden Händen eine Kaffeetasse und schaute durchs Fenster. Vor dem Hintergrund der dicht an dicht stehenden, schwarz-weiß gesprenkelten Tannen am gegenüberliegenden Hang schwebte ein Schwarm Raben vorbei. Über den verschneiten Feldern kehrten ein paar vergangene Herbsttage mit ihren roten Berberitzen und Hagebutten zurück.

Ihr Blick blieb am kahlen Apfelbaum in der linken Ecke des Gartens hängen. Leise sagte sie zur Katze, die im Oktober unter ein Auto geraten war und dort begraben lag: »Tigru, warum erzählst du mir nicht etwas aus deinem Katzenleben?«

Die Einsamkeit war Olga erst mit der Zeit aufgefallen. Erst kurz vor dem Verblassen merkte man, wie vollkommen die Seele im Körper eingekapselt war, dachte sie. Körper und Seele arbeiteten aber nicht immer zusammen. Ihre Seele eilte oft voraus oder hinkte hinterher und brachte den Körper aus dem Takt. Manche Dinge aus der Zeit, als der Zauber des Anfangs noch nicht verflogen war, leuchteten immer stärker, anstatt zu verblassen und den neuen Platz zu machen.

Elsa aus dem Gelben Haus hatte einmal eine Papierserviette an Olgas Haustüre geklebt. Darauf standen in ungelenker Schrift ein paar italienische Wörter und ein Name: *Quasimodo – Ognuno sta solo sul cuor della terra.* Die Serviette hing jetzt eingerahmt neben dem Spiegel im Eingang.

47

Diesmal nahm Olga den Bus über den Pass.

Auf der Fahrt schaute sie unentwegt aus dem Fenster und ließ die Landschaft in sich einsickern: mit Grassamt überzogene Bergflanken und mit Eisennetzen gezähmte Felszacken. Und überall hüpften an den Hängen silberne Bäche ins Tal hinunter.

Bald würde sie Radu wiedersehen. Sie hatte ihn noch nie vom Flughafen abgeholt. Aber diesmal wollte sie ihn überraschen. Beim Gedanken an ihn wurde sofort der Apfelgeruch wach, der ihn umgab, wenn er das Haus betrat oder zu seinem Abendspaziergang aufbrach. Noch an der Türe biss er zum ersten Mal in den Apfel und küsste sie.

Ich bin gleich wieder da, sagte er jedes Mal, und sie blieb mit seinem Apfelgeruch im Mund und in der Nase noch ein Weilchen stehen.

48

Bevor Olga zum ersten Mal geküsst worden war, hatte sie schon eine Ahnung davon gehabt. Diese setzte sich vor allem aus Bildern zusammen, die sie von ihren sich küssenden Großeltern in Erinnerung hatte – oder von zufällig aufgeschnappten Filmszenen. Die Frauen legten beim Küssen den Kopf in den Nacken und schlossen die Augen, was in Olga die Vorstellung genährt hatte, das Küssen sei eine süßzarte Angelegenheit.

Nach dem ersten Kuss änderte sich das radikal. Die erste Begegnung mit dem Muskel aus einem fremden, brennenden Mund war wie ein Kampf zweier Schlangen, was zur Folge hatte, dass sie danach lange küssend auf der Suche gewesen war nach dem, was der Großmutter diesen wonnigen Ausdruck aufs Gesicht gezaubert hatte.

In ihr schlummerte von da an ein Verdacht, dass vielleicht auch die Liebe oder das, was man mit diesem Wort bezeichnete, etwas mit Gewalt zu tun haben könnte.

49

Immer wieder derselbe Traum:

Es war die Zeit, da der Sommer wogte und der Fluss gleich hinter dem Haus seinen Lauf nahm. Nachts, bei Neumond, wenn alles schwarz war, schoss er aus dem Keller, und das schwere Haus schaukelte hin und her und schwamm schließlich auf dem Wasser davon. Sie stand auf einem Balkon, die Hände auf das Geländer gestützt. Das Holz roch nach Zimt, es gab wenig Geräusche. Die Bewegungen der Kühe in den Ställen ringsum waren zu hören, man konnte sich vorstellen, wie sie ihre Köpfe aneinanderrieben, den Kleinen Tiger zu ihren Füßen. Alles war da. Aber Olgas Unruhe war groß, von einem dumpfen Pochen begleitet, das immer lauter wurde und schließlich in ein Schnarchen überging, das sie weckte.

Radu schlief mit leicht geöffnetem Mund neben ihr. Sie betrachtete die leichte Wölbung des Deckbetts und schlief beruhigt wieder ein.

50

Das Gras lag in Strähnen über die Erde gekämmt. Zwischen den noch mit Schnee gepolsterten Büschen schob sich ihr breit der Fluss entgegen. Ein Vogel sang, ein kleiner blauer Bagger stand hinter dem Holzzaun. Sein Löffel steckte in der Erde und erinnerte an die zarte Gewalt des Frühlings.

Olga saß untätig im Garten, den länger werdenden Tagen und dem aufkommenden Grün des April ausgesetzt. Das kraftlose Dahocken in den Tag hinein verstärkte ihren Zorn über die ewige Wiederkehr der Jahreszeiten, die seit Radus Verschwinden träge an ihren Fenstern und an ihrem Leben vorbeizogen und ihr Jahr für Jahr die trügerische Hoffnung brachten, es werde anders, diesmal werde es anders.

Drüben auf der Wiese sprang das Nachbarskind einer weißen Papierserviette nach, die im Wind davonflog. Ein Gefühl der Lähmung machte sich in ihr breit. Sie stand auf und ging ins Haus.

Aus dem Küchenfenster sah sie den Kleinen Tiger den Dachkanal des Nachbarhauses entlangschleichen und vor einem geschlossenen Dachfenster mit der Pfote Einlass fordern. Nach einer Weile gab er es auf und verschwand um die Ecke, den Schwanz gelangweilt hinter sich herziehend.

51

Es gab diese kleine Fotografie aus ihrem ersten gemeinsamen Jahr: Olga stand mit dem Rücken zum Meer, das Haar vom Wind zerzaust. Die Szene wirkte so, als sei sie ganz allein. Es war keine Verbindung zum Fotografen auszumachen. In ihrem Rücken warf das Meer eine mächtige Welle ans Ufer, weiter hinten lag ein verrostetes Schiffswrack, und über allem türmten sich graue Wolken.

An jenem Morgen war alles gewesen, wie es sein sollte. Vor der Pension stand wie versteinert der Esel, die Nacht im Genick, die Ohren strandwärts gerichtet. Von dort stieg steifbeinig aus dem Nebel eine Möwe in den Morgen. An den Geräuschen konnte man die Wellen im Aufstieg erahnen. Das Meer war ganz nah.

Dies alles, die Möwe auf Schaumfüßen, die Welle im Aufstieg, der Nachtesel, der Nebel, alles war, wie es sein sollte.

Und hinter den eingenebelten Sandbänken dehnte sich das Meer aus, und man wusste nicht, warum man immer in diese eine Richtung schaute, wo nichts war außer mehr oder weniger bewegtes Wasser. Immer aufs Wasser schaute man, genau wie der Esel. Als erwarte man aus dieser Richtung eine Nachricht. Oder als wäre dort draußen all das, was man sich von der

Welt erhoffte. Der unberechenbare Frühling des April, der Mann im Hintergrund, alles hatte sich an diesem Morgen zusammengefügt.

Sie waren mit dem Auto vor ein paar Tagen angekommen. Die öde Umgebung der kleinen Pension hatte sie angezogen. Es war, als hätte eine übermächtige Welle das schiefe Gebäude herbeigeschwemmt. Ringsum gab es nur dürres Gestrüpp, dann folgten die Sandbänke, die bis tief in den Morgen hinein im Nebel versanken. Der Esel schien sich nicht zu bewegen, und die Möwen schrien nicht.

Radu stand jetzt direkt hinter ihr. Seine nächste Handbewegung kam wie etwas Eingeübtes, sie hatte nichts von seiner üblichen Behutsamkeit. Und sie reagierte ähnlich wie der Kater, der auch jedes Mal die Krallen ausfuhr oder biss, wenn man ihn streichelte, ohne in Gedanken ganz bei ihm zu sein. Instinktiv schüttelte Olga Radus Hand von ihrem Nacken ab.

Es war ein so widersprüchliches Gefühl, das sich in ihr breitmachte am Meer: ein Hunger nach Weite und gleichzeitig nach dem Nest, das Radu ihr nicht geben konnte.

Sie hatte ihn kurz aus dem Augenwinkel angeschaut und versucht, seinen Gesichtsausdruck zu deuten, aber da war nichts.

52

Auf dem Weg vom Strand zurück in die Pension war Olga immer noch mit etwas beschäftigt, das Radu beim Frühstück gesagt hatte: Welchen Wert hatten Illusionen, Phantasien? Vielleicht war es nützlicher, einen Garten anzulegen, hatte er gesagt, als sich mit Dingen zu beschäftigen, die nur in ihrer, Olgas, Vorstellung existierten?

Für das Argument, das, was in ihrer Vorstellung passiere, sei oft um einiges bewegender und unterhaltender als das, was außerhalb ihres Hautmantels geschehe, hatte Radu nicht viel übrig.

Ihre Haut war Schutz und Gitter. Nur durch die Reibung ihrer Häute gelang es manchmal, diese Tatsache vergessen zu machen. Umso mehr war es eine Notwendigkeit, sich in seinem Gefängnis besonders gut auszukennen, dachte sie. Was außerhalb des Gitters geschah, war nur teilweise einsehbar und beeinflussbar.

Abends nach dem Schwimmen lief sie an den Tümpeln vorbei, den Blick immer auf den Boden gerichtet, spitzte die Ohren und lauerte auf das Geräusch der Ratten, die hie und da aus dem seichten, stinkenden Wasser an Land sprangen.

Radu stand in der improvisierten Küche, würzte

den Fisch, neben sich ein Glas Weißwein und ein Schälchen mit schwarzen Oliven.

Auch Essen muss gelernt sein, sagte er, eine Olive muss man kennenlernen. Die Olive ist verschlossen, sie öffnet sich nur dem, der Geduld mit ihr hat. Es ist mit den Oliven ein bisschen wie mit dir, sagte er.

Auch hier, in dieser Küche, wirkte er ein wenig so, als habe er sich verlaufen.

Im Ofen brutzelte inzwischen der Fisch. Radu schenkte auch für Olga ein Glas ein und begann, angeregt durch eine Blechbüchse mit schwarzen Bohnen, die aus der Einkaufstasche am Boden herausschaute, eine Geschichte zu erzählen:

Die Büchse der Weisheit

Diese Büchse stammt von einem Mitglied der »Kaste der Weisen«, einer Kaste, die an den Ufern des Aguarico, eines Nebenflusses des Amazonas, in völliger Abgeschiedenheit im ecuadorianischen Urwald lebte und sich den Namen »Die Unfehlbaren« gegeben hatte.

Die Unfehlbaren waren laut DNA-Analysen von kleinem Wuchs und trugen ihr dichtes schwarzes Haar zu einem langen Zopf geflochten.

Sie waren in der Lage, Weisheit im Überfluss zu produzieren, und so entstand mit den Jahrzehnten eine Überproduktion, die zu Unstimmigkeiten innerhalb der Kaste führte.

Die allzu intensive Beschäftigung mit der Weisheit machte sie grüblerisch und unzufrieden. Sie hockten stunden- und tagelang am Ufer des Aguarico, brüteten vor sich hin und kauten an ihren Fingerbeeren.

Ein hohes Mitglied der Kaste führte daraufhin den Handel mit der Weisheit ein. Diese wurde in Büchsen verpackt und auf den Märkten, die nur in tagelangen gefährlichen Märschen zu erreichen waren, feilgeboten.

Beim vorliegenden Objekt handelt es sich um eine solche Büchse. Sie wurde im Jahre 2001 von einem rumänischen Jäger im Magen eines im Aguarico erlegten Kaimans gefunden.

In der Büchse befindet sich nach wie vor ein kleiner Rest von Weisheit, dem die Verdauungssäfte des Kaimans nichts anhaben konnten.

53

Olga mochte seine Art, sich auszudrücken, sie mochte all das, was er mit seinen Worten in ihr heraufbeschwor, wenn er sprach.

Aber Radu liebte die Worte nicht wie sie, er war den Worten gegenüber misstrauisch. Und er erlag nie der Versuchung, mit ihnen zu spielen, wie sie es manchmal tat, denn sie war eine Lügnerin, wenn sich die Gelegenheit ergab, wenn die Wörter es ihr erlaubten. Den Fehler, sie dabei zu ertappen, hatte er nie gemacht. Sie hätte ihm das nie verziehen, und das wusste er.

Worte, die man nicht gesagt hatte, obschon man sie unbedingt hätte sagen müssen, davon war er überzeugt, solche Worte würden ein Leben lang Lärm machen. Sie ließen sich nicht irgendwann irgendwo später platzieren. Es gab für solche Worte nur einen einzigen richtigen Ort und einen einzigen richtigen Moment. Alles hat seine Zeit, auch Worte, sagte Radu. Es ist mit ihnen wie mit den nicht begangenen Wegen, auch sie fehlen ein Leben lang.

Immer noch im Nachthemd, lief Olga durch das Haus, räumte da und dort etwas auf und redete mit dem Kleinen Tiger, der ihr überallhin folgte.

Ihr war ein wenig übel, sie rauchte zu viel; im Schlafzimmer legte sie sich auf seine Bettseite, die noch warm war von seinem Körper. Diesmal hatte Radu den ersten Zug genommen.

Es fiel ihr schwer, den Tag in den Griff zu bekommen, sie hätte sich am liebsten wieder unter die Decke verkrochen.

Draußen schien die Sonne, der Fluss glitzerte wie ein frisch gebohnerter Boden, auf ihrem Bauch lag jetzt der Kater und schnurrte.

Aber sie war nicht froh, sie war nicht voller Tatendrang und wusste mit diesem herrlichen Tag nichts anzufangen.

Eine Weile noch lag sie da, zündete eine Zigarette an und blies den Rauch an die Decke, und als sich ein Ring bildete, steckte sie schnell die Hand hindurch. Blieb der Ring ganz, so konnte man sich etwas wünschen, hatte die Großmutter ihr beigebracht, als sie einmal eine Zigarre des verstorbenen Großvaters rauchte. Doch bevor Olga sich einen Wunsch zurechtgelegt hatte, verflüchtigte sich der Rauch.

Eigentlich glaubte sie nicht an solche Dinge, ihr fiel im richtigen Moment nie ein Wunsch ein. Die Wünsche waren ihr irgendwie abhandengekommen, obschon sie nicht hätte behaupten wollen, wunschlos zu sein.

Der Kater sprang zu Boden, und das war auch für Olga ein Zeichen, dass sie sich jetzt aufraffen musste. Schnell stellte sie sich unter die Dusche, zog sich an, verließ das Haus und lief zusammen mit dem Kleinen Tiger in Richtung Fluss. Dort, auf dem großen, dunkelgrauen Felsen, Elefant genannt, kamen ihr immer die besten Ideen für ihre Zeichnungen. Vor der Brücke kehrte das Tier plötzlich um und verschwand zwischen den Berberitzen.

Als Kind war Olga oft über diese Brücke gegangen. Manchmal war sie in der Mitte stehen geblieben und hatte in den reißenden Strudel hinuntergeschaut. Im Frühling wuchsen mit der Schneeschmelze der Fluss und die Angst. Etwas lauerte dort unten im wilden Wasser, ihre Finger krallten sich am Geländer fest. Über Olgas Angst hatte die Großmutter nicht reden wollen. Schlafende Hunde soll man nicht wecken, hatte sie gesagt, den Zeigefinger auf die Lippen gelegt und dann in die Ecke gezeigt, wo Chan, der Hund, schlief.

Um ihn nicht zu wecken, wurde nie über die Brücke und den reißenden Strudel gesprochen. Darum wohl spukte die Brücke hie und da in Olgas Träumen, aber dort war sie anders: Sie hing, mit dicken Seilen am Ufer befestigt, über dem Abgrund. Und bei Föhnsturm glich sie einer riesigen Schaukel.

54

Olga war auf dem Weg in die Stadt, um in der großen Papeterie Farbe, Papier und Stifte zu kaufen. Während draußen vor dem Zugfenster die Landschaft vorbeiflog, packte sie plötzlich die Angst, sie könnte, wenn sie nicht aufpasste, ein Stück aus ihrem Leben verlieren.

Sie hatte am Morgen ihren Schreibtisch aufgeräumt, hatte Namen gefunden, die sie nicht mehr wusste. Notizen, Fotos, Briefe oder Zettel über Ereignisse, die sich von ihr und von ihrer Geschichte gelöst hatten und fremd geworden waren.

Manchmal wurde man sogar von seinen eigenen Erinnerungen ausgeschlossen, dachte sie, auch wenn man sie sammelte, hortete und pflegte. Eigentlich war man immer heimatlos. Auch wenn man zu Hause blieb – und wenn man reiste erst recht, man war immer auf der Suche nach der Heimat. Nach sich selbst.

Im Zugabteil nebenan saß eine alte Frau mit einem Kind, das seine Nase an der Fensterscheibe platt drückte.

Schau, Großmutter, sagte es, die Wiese fährt weg!

Beim Aufräumen war Olga am Morgen etwas in den Sinn gekommen, und als sie es hatte aufschreiben wollen, weil es ihr wichtig schien, waren die Gedanken weg, hatten sich irgendwohin verkrochen wie Gegenstände, die man in der Wohnung verlegt hatte.

Sie waren *weggefahren* wie die Wiese des Kindes.

Die Gedanken hatten, das wusste sie noch, etwas zu tun mit einem Mann, den sie gekannt hatte. Sie beunruhigten Olga, obschon sie ihr Bewusstsein noch gar nicht erreicht hatten.

Und dann sagte eine Frauenstimme aus der Sitzreihe hinter Olga den Satz: »Es ist jetzt Zeit, dass er sich entscheidet.« Und plötzlich schnellten die verlorenen Gedanken aus ihrem Versteck hervor, und alles war wieder da:

Alles hat seine Zeit! Das kleine Büchlein mit den Worten des Königs Salomon lag immer noch auf der untersten Reihe im Büchergestell. *Alles hat seine Zeit. Lachen hat seine Zeit, Weinen hat seine Zeit. Sterben hat seine Zeit. Alles hat seine Zeit.*

Olga musste es beim Abstauben berührt haben, ohne darauf zu achten, aber das Unbewusste war immer aufmerksamer, und so detailversessen. Radu, der ihr das Büchlein geschenkt hatte, war nicht mehr unter den Lebenden, aber er war noch nicht begraben. Seine Leiche lag überall herum und störte. Immer wieder stieß sich Olga an den störrischen Überbleibseln, die zwar immer mehr an Glanz und Farbe verloren und zusammenschrumpften, aber keinerlei Anstalten machten, sich endlich aufzulösen und zu verschwinden. Um sie zu verscheuchen, hatte Olga schon alle möglichen Tricks angewendet: Die Leiche wurde kleingeredet und schlechtgemacht. In allen Einzelheiten malte sie sich deren Fehler aus, die mit der Zeit immer sichtbarer werdenden Mängel, die das unstete Leben in seinem Herzen und in seinem Körper angerichtet hatte: das vom Medikamentenmissbrauch aufgedunsene Gesicht, die dicken Finger, die Narben, das schüttere Haar, die viel zu langen, dünnen Beine. Es gab wirklich keinen Grund, sich noch länger mit dieser hässlichen Leiche zu beschäftigen.

Beim Zuhören der Gespräche aus dem anderen Abteil stolperte Olga aber schon wieder über sie, denn die Frauenstimme hinter ihr beschrieb einen Mann, der der Leiche, als sie noch lebendig gewesen war, in einigen Punkten glich. Dieser Mann wie auch ihre Leiche kochten gerne Fisch und lachten auf eine spezielle Art.

Radus Lachen hatte im Abgang ein leichtes Gurren gehabt, das schon in der Vorstellung einen Blitz durch Olgas Körper jagte.

55

Eine Lieblingsbeschäftigung von Elsa war es, Olga Fragen zu stellen, zum Beispiel: Möchtest du, dass man die Liebe im Supermarkt kaufen könnte? Oder: Kennst du den Unterschied zwischen einem Schwein und einer Karotte?

Bevor sie ins Gelbe Haus musste, weil solche Fragen ihren Alltag komplett ausfüllten, hatte sie Philosophie studiert. Sie sagte, Aristoteles habe ähnliche Fragen gestellt. Fragen, die simpel klängen, aber in Wirklichkeit sehr verzwickt seien, weil man weder wusste, wie und was ein Schwein wirklich ist, noch, wie es sich anfühlt, als Karotte das Licht der Welt zu erblicken. Olga hörte ihr gerne zu. Sie saßen nebeneinander auf der Bank vor dem Gelben Haus.

Apropos Aristoteles, sagte Elsa, je älter man wird, desto näher rücken einem diese Leute zu Leibe, die vor zweitausend oder mehr Jahren gelebt haben. Sie werden immer menschlicher.

Waren es früher für sie bloß Papiertiger oder abstruse Phantasien des Lateinlehrers gewesen, so nahmen sie jetzt mit dem Vergehen der Jahre immer menschlichere Züge an.

Je mehr man selber sich dem Tode, also ihrem Zustand, annähert, desto lebendiger, aus Fleisch und Blut, werden sie, meinte Elsa, stand auf und verschwand um die Ecke. Es reichte ihr, von Zeit zu Zeit eine ihrer Fragen bei Olga zu deponieren. Es war ihr wichtig, hatte sie erklärt, dass ihre Fragen am richtigen Ort abgelegt würden.

An der Pinnwand in ihrem Zimmer hing, seit sie sich im Gelben Haus einquartiert hatte, ein Zettel, auf dem kaum lesbar stand:

Selbst im Schlaf fällt der Schmerz Tropfen für Tropfen in mein Herz. Aischylos

Sätze wie dieser bekamen auch für Olga langsam einen Sinn. Je länger sie lebte, desto größer war die Wahrscheinlichkeit, dass man den Schmerz nicht nur erfahren, sondern auch bewusst zugelassen hatte. In einem Menschenleben gab es, sofern das Leben gelebt worden war, keinen Mangel an Grausamkeiten, an Zusammenstößen mit anderen Körpern, deren Aufprall böse Spuren hinterlassen konnte. Das Fleisch pochte ununterbrochen, immer war da eine Stelle, die brannte lichterloh, ein ersticktes Gefühl wollte sich befreien, ein mächtiges Wort gärte in der Kehle, und die Haut wurde dünner. Lange Verdrängtem gelang es nun immer häufiger, sich an die Oberfläche zu kämpfen und eine unbändige Lust für die großen, unwichtigen Dinge des Lebens zu entfachen – oder einen großen Zorn. Nach all den Jahren war Olga immer noch nicht ganz vertraut mit ihrem Innenleben. Es konnte sie auch jetzt noch überraschen.

56

Die Bäume wichen seitwärts zurück, und Olga betrat die Lichtung, wo seit Kurzem einige Yaks weideten, aber sie waren klein und wirkten zahm. Kein Vergleich mit den mächtigen, wilden Tieren, die sie vom Punjerab-Pass auf dem Karakorum-Highway noch in Erinnerung hatte.

Auf fast fünftausend Metern über Meer hatten sie damals in einer Jurte an einem kleinen türkis-grünen See übernachtet, aber an Schlaf war nicht zu denken gewesen.

Die Kälte kroch Stunde um Stunde immer tiefer durch den Schlafsack, durch Pullover und Unterwäsche in sie hinein, bis auf die Knochen, und mit der Kälte hatte sich auch wieder diese kleine Angst breitgemacht, die sie seit ihrer Kindheit kannte. Radu schien nebenan friedlich zu schlafen. Er konnte überall schlafen. Olga hatte sich aus dem Schlafsack geschält und leise die Jurte verlassen.

Die Yaks, mächtige Tiere mit langem, verfilztem Fell, erwachten, erschraken bei ihrem Anblick und suchten das Weite. In der heftigen Fluchtbewegung hoben und senkten sich ihre Zotteln wie die Flügel gefiederter Dinosaurier.

Die domestizierten Yaks hier auf der Lichtung hingegen ließen sich von Olga nicht beeindrucken und grasten ruhig weiter.

Die Lärchennadeln, Moose und Blätter bildeten einen weichen Teppich, der das Geräusch ihrer Schritte verschluckte. Der Ausschnitt Himmel über ihr war teilweise nebelverhangen, aber dahinter versteckte sich die Sonne, die gute Sonne, die schreckliche Sonne, die er so geliebt hatte und die sie fliehen musste, weil sie leicht einen Sonnenbrand einfing. Und nach einem Sonnenbrand häutete sie sich wie eine Schlange, konnte oben an der Schulter einen Hautfetzen mit Daumen und Zeigefinger fassen und bis zum Handgelenk abziehen.

Seine Haut dagegen wurde in kurzer Zeit goldbraun, und seine Haare waren im Sommer ganz hell, fast weiß. So helle Haare hatte sie vorher noch nie gesehen.

Ohne auf ihre Schritte zu achten, war sie weitergegangen. Der Wald lichtete sich, links fiel der Grashang weich zum Fluss hinunter.

57

Seit Radu verschwunden war, kam es Olga manchmal so vor, als ob das Leben draußen vorbeiginge, während sie drinnen saß und sich das Gehirn darüber zermarterte, ob es einen Sinn hatte, und wenn ja, welchen.

Die Erinnerungen häuften sich, halfen aber nicht bei der Suche nach dem Sinn. Ganze Teile aus dem eigenen Leben verschwanden nach und nach in einer Art Archiv, das nicht leicht zu öffnen war. Manche Erinnerung ließ sich nur noch durch ein Bild, einen genau definierten Geruch oder einen speziellen Laut heraufbeschwören, was einem aber nur zufällig begegnete, zum Beispiel das Bild einer großen rosa Muttersau.

Als Olga an diesem Tag auf ihrem Spaziergang am Schweinepferch außerhalb des Dorfs vorbeikam, lag die säugende Sau mit ihren unzähligen Frischlingen ganz nahe am Zaun.

Vor Jahren war sie zusammen mit Radu einmal über einen abenteuerlichen Pass gefahren. Auf dieser Fahrt war ihnen genauso eine große rosa Muttersau mit ihrem Wurf begegnet. Das Bild, eingefangen durch das Autofenster, stand immer noch lebendig vor Olgas Augen.

Die Reise selber, die schließlich nach vielen Spitzkehren durch nahe am Felsen sich schmiegende Galerien auf einer gefährlich schmalen Straße im ersten Städtchen hinter der Grenze endete, ließ sich nur noch mit dem Bild der in der Steinwüste an ihrer Mutter saugenden Ferkelchen herbeiholen.

58

Seit einer Woche war sie in New York in Radus kleiner Wohnung auf Zeit, während er für ein paar Tage irgendwo außerhalb der Stadt an einem Filmprojekt arbeitete. Es ging darin um aussterbende Sprachen.

Es war Sonntag, die Abendsonne hatte die gegenüberliegenden Hochhäuser in ein überraschendes Licht getaucht. Es war das Licht, das sie von Hopper-Bildern kannte, ein hypnotisches, somnambules Licht.

Nach zwanzig Uhr gab es einen Moment, da die Sonnenstrahlen fast flach auf die Fassaden trafen und sie vergoldeten. Die roten Ziegelbauten begannen zu brennen, die Fenster leuchteten, und ihr Herz fing zu vibrieren an.

Jetzt war es schon nach Mitternacht.

Wie so oft, seit sie hier in New York angekommen waren, konnte sie nicht schlafen. Sie lief barfuß in der dunklen Wohnung herum und stellte sich an eines der beiden Südfenster.

Die Fassaden der Hochhäuser lagen um diese Zeit fast immer im Dunkeln, aber zuoberst am gegenüberliegenden Gebäude wurde ein kleines Fensterviereck plötzlich hell. Dort konnte wahrscheinlich auch jemand nicht schlafen, vielleicht weil er den Montag fürchtete; das Wochenende war vielleicht nutzlos vorbeigegangen, es war dem Menschen nicht gelungen, sich zu fangen, und schon würde morgen der Kampf wieder losgehen.

Weit unten konnte sie den schwach beleuchteten Eingang des Supermarkts erkennen. Sie dachte an den Bettler, der seit ihrer Ankunft dort um die Ecke auf dem Boden lag. Alles an ihm war schwarz geworden wie beim Mann, dem sie in diesen Tagen öfters im Park begegnete. Die Stadt schien die Menschen hier schwarz zu machen, wenn man nicht aufpasste – ganz egal welcher Hautfarbe man vorher angehört hatte.

Es waren solche Nächte, in denen die Träume und Sehnsüchte der Menschheit am Himmel sichtbar wurden und für kurze Zeit wie Glühwürmchen leuchteten.

In weiter Ferne flog ein Flugzeug über die Dächer, und ihr fiel eine kleine Geschichte ein, die sie von Radu gehört hatte. Sie musste aus einem Film stammen. Er erzählte gerne aus Filmen, auch wenn er an der Realisierung nicht beteiligt gewesen war.

In dieser Szene schenkte ein junger Mann seinem Mädchen ein Glühwürmchen in einem durchsichtigen Plastikbecher. Die beiden saßen in einer mondlosen Nacht auf dem Dach eines Wolkenkratzers.

Olga stellte sich vor, wie das Mädchen viele Jahre später an diesen Ort hoch über der schlafenden Stadt zurückkehrte, um den jungen Mann wieder in ihrer Erinnerung aufzustöbern.

59

Alles war krumm, als sie das Lokal verließ und sich auf den Heimweg machte. So hatte sie sich noch nie gehen lassen. An der Ecke angekommen, stolperte sie über den Bordstein und knallte auf den Boden. Sie wollte schreien, aber aus ihrem Mund kam nur ein zartes Fiepen und Japsen.

In den letzten Wochen hatte Olga oft das Gefühl gehabt, dass sie und Radu sich im Treibsand bewegten. Je stärker sie strampelten, desto tiefer gerieten sie hinein. Die gemeinsame Reise nach New York hatte daran nichts geändert. Er war meistens für seine Arbeit unterwegs.

Nachdem sie sich wieder aufgerappelt hatte, nahm sie die Abkürzung durch den dunklen Park. Er war um diese Zeit fast leer. Um sich zu sammeln, setzte sich Olga auf eine Bank.

In der Nische nebenan schien sich ein Mann für die Nacht vorzubereiten. Er lockerte gerade den Gürtel seiner Hose, die so schwarz war wie alles andere an ihm, auch seine Haut, obschon er ein Weißer war, was man an seinen Augen erkennen konnte.

Sie waren das einzig Helle an ihm. Auch der große gehäkelte Spitzhut, in dem er seine Haare versorgt hatte, war schwarz geworden vom Leben auf der

Straße. Dann streckte er sich auf der Bank aus, ließ den rechten Arm seitwärts herunterhängen und fing kurz darauf an zu schnarchen.

Olga versuchte, ihre Kleidung in Ordnung zu bringen.

Es gab in dieser Stadt allerlei Menschen, die aus dem Raster gefallen waren. Sie fühlte sich ein wenig zu ihnen hingezogen, vielleicht weil sie nicht bei den Eltern aufgewachsen war. Irgendwann während der Schulzeit hatte sie gemerkt, dass sie nicht gut ins Raster passte. Darum machte sich die Großmutter, als Olga in die Pubertät kam, auf die Suche nach einer Person, die ihr helfen sollte, mehr über die Gründe ihres Fremdseins zu erfahren. Während der wöchentlichen Therapiestunde lag Olga auf der schwarzen Ledercouch des *Onkels,* wie sie ihn nannte. Er selber saß hinter ihr in einem bequemen Sessel und rauchte die Pfeife. An der Art und Weise, wie er am Mundstück sog, nuckelte oder gar ein wenig lutschte und schmatzte, meinte Olga zu erkennen, wie er ihre Äußerungen interpretierte und wertete. Sie wusste immer, was er als interessant taxierte, und darauf ging sie ein. Sie nahm an, dass ihm nicht bewusst war, wie sehr er ihre *freien Assoziationen* beeinflusste, wie sehr sie ihn an der Nase herumführte. Sie erzählte ihm alles, was er gerne hören wollte, und bemerkte erst viel später, dass sie dabei eigentlich nur sich selber und nicht ihn getäuscht hatte.

Man konnte den *Onkel* nur ein Stück weit hinters Licht führen, denn hinter dem Licht, da saß Olga wieder ganz alleine.

60

Radu war wieder unterwegs.

Da Olga hier noch niemanden kannte, sprach sie auf ihren Märschen durch die Stadt und durch die vielen Parks mit den Vögeln, seltener mit Hunden und Katzen und öfter mit sich selber.

Sie streunte stundenlang der Nase nach durch die Straßen. Gleich um die Ecke gab es einen Hundepark, wo sie sich manchmal für eine Weile hinsetzte.

Die Hunde in New York waren ihr schon beim ersten Spaziergang aufgefallen. Es kam ihr vor, als hätte es einen New Yorker Urahn gegeben – und dieser musste eine Mischung aus einem Schaf und einem Pudel gewesen sein. Es gab sie in allen Schattierungen, von blassrosa bis tomatenrot, von puderbeige bis schokoladenbraun, sogar pistachegrüne gab es. Mit erhobener Rute spazierten sie in Greenwich Village herum, und es schien, als spürten sie wie Olga den Frühling.

Eines Nachmittags saßen im Hundepark auf einer langen Bank drei alte Männer, dazwischen zwei uralte Hunde, zwei riesige Lebewesen, eines schwarz mit einer Art Schaffell, das andere mit einem beigefarbenen Fell, hängenden Ohren und Lefzen.

Der Mann ganz links hatte seinen Kopf an die

Schulter des schwarzen Geschöpfs gelehnt; dessen tropfende Schnauze ruhte am Hals des zweiten alten Manns, und dieser wiederum hatte seine Glatze an die Schulter des beigefarbenen Vierbeiners gelehnt, dessen Kopf auf dem Nacken des dritten Alten ruhte, der mit geschlossenen Augen die Lage zu genießen schien. Ein Bild des Friedens. Olga ertappte sich dabei, wie sie vor sich hin lächelte.

61

Sie saß mit Elsa hinter dem Haus in der prallen Sonne. Das Reden hüpfte von der einen zur anderen. Im Pingpong der Sätze fiel der Name Diogenes. Während Olga vom Philosophen erzählte, malte sich Elsa das Fass von Diogenes aus, legte sich für den Bruchteil einer Sekunde hinein und winkte einen König aus der Sonne.

Der Schritt vom großen Diogenes zum Dorf-Diogenes war danach nicht mehr groß. Die Geschichte vom Dorf-Diogenes hatte Olga von ihrem Großvater gehört: Jedes Mal, wenn der Schmied, der aus unerfindlichen Gründen diesen Übernamen trug und an Wochenenden mit der Dorfkapelle aufspielte, wieder mit leeren Händen und einer Alkoholfahne zu seiner hungernden Frau und seinen zahlreichen hungernden Kindern zurückkehrte, stellte er sich mit der Geige vor sie hin, fuchtelte wild mit dem Bogen herum und drohte mit leiser Stimme: Brot oder Geige? Und dann setzte der Dorf-Diogenes den Bogen an und spielte ihnen ein Lied gegen den Hunger.

62

Die Postkarte aus Ecuador zeigte eine Aufnahme des Sangay, der gerade ein munteres Rauchwölkchen ausstieß. Radu hatte sie ihr geschickt, als er für seinen Film über die Colorados auf dem Aguarico durch den Urwald geschippert war. Den Vulkan hatte Olga selber auch einmal in Aktion gesehen, in jenem Jahr, als sie dort an dem Projekt über die einheimischen Orchideen arbeitete und sie sich zufälligerweise zum zweiten Mal trafen.

Die Postkarte erinnerte sie daran, dass sie ihn manchmal auch so sah: als einen schlummernden Vulkan, der in regelmäßigen Abständen Fumarolen ausstieß, wie der Sangay oder wie die Dorfkamine im November – kleine Warnungen, die so harmlos daherkamen, dass man sie leicht übersah oder überhörte.

Eine große Lust überkam sie plötzlich, Radus Herz aufzuknacken wie eine Nuss.

63

Im Vordergrund lag die Frühlingswiese bereits im Schatten, aber dahinter, an den entferntesten Hängen, kletterten die Lärchen noch im Sonnenlicht in die Höhe hinauf und schimmerten so hell, als hätte der Herbst die Nadeln schon gelb gefärbt. Es war, als wolle die Sonne Olga die Pracht ihrer Landschaft vor Augen führen.

Um diese Zeit stand die Wiese voller Margeriten, sie war so weiß, als hätte es mitten im Aufbruch wieder geschneit, und bei Vollmond schimmerte sie auf eine beängstigende Art und raubte Olga den Schlaf mit ihrer Schönheit.

Von wilden Träumen heimgesucht und geweckt, stand sie lange am Fenster und schaute wie gebannt hinaus. In seltenen Fällen konnte der Traum den ursprünglichen Ort des Geschehens verlassen und sich draußen auf der Margeritenwiese fortsetzen.

Olgas Frühlingsträume hatten oft etwas zu tun mit dem Tod, waren aber leichtfüßig, tanzten vorüber und verstreuten Heiterkeit. Die seltenen schweren Träume dagegen erzählten vom Verlust der alltäglichen Dinge, von handfesten Sachen, vom Verlust einer Wohnung zum Beispiel, die in solchen Träumen eine

Bedeutung erhielt, die sie in Olgas wirklichem Leben niemals hatte.

Die Wohnung in diesen Träumen hatte die Form eines menschlichen Körpers, sie war der Kerker, in dem Olga lebenslänglich zu wohnen verurteilt war. Und sie war klein, diese Wohnung, viel zu klein und zu eng, und es half nichts, die äußeren Räume zu vergrößern. Sie blieb immer eine Gefangene ihrer selbst.

64

Wenn früher der Frühling kam, die Zeit der länger werdenden Tage, die Zeit der Knospen und des Lichts, war es, als hätte man einen Schalter berührt. An den Wochenenden setzten sich Olga und ihre Schulkameraden in Bewegung, liefen in feierlicher Laune zur englischen Kapelle außerhalb des Dorfes und spielten dort in wechselnden Rollen Hochzeit.

Am schönsten war die Szene mit dem echten Liebespaar. Er war ein groß gewachsener, südländisch aussehender Junge, sie ein anmutiges, schwarzhaariges Mädchen wie aus Schneewittchen. Den Pfarrer spielte immer Paulin, ein pickeliger Bücherwurm, der seine »Predigt« mit gescheiten Sprüchen ausschmückte, die er in der Religionsstunde aufgeschnappt hatte.

Immer jedoch begann seine Predigt mit den gleichen Worten: »Der Mensch ist dem Menschen sein Wolf.« So fing er an und fuhr fort, die Liebe sei die einzige Macht, die den Menschen vor dem inneren Wolf beschützen könne. Er machte seine Sache so gut, dass die Mädchen, die in Grüppchen in den linken Bänken saßen, vor Rührung feuchte Augen bekamen.

Aber kaum war die Zeremonie vorbei, fingen alle an zu kichern und zu prusten und laut zu schwatzen, dass man Angst bekommen musste, jemand könnte sie hören und aus der Kapelle vertreiben. Die Jungen, die bis dahin in der rechten Bankreihe gesessen hatten, setzten sich jetzt zu den Mädchen und versuchten die eine oder andere, die immer noch feuchte Augen hatte, zu trösten und zu beruhigen.

65

Auf dem Weg vor dem Haus lag der Sonnenschirm des Nachbarn. In der Nacht hatte es gestürmt.

Aus dem Seitental wälzte sich eine strahlend weiße Nebelschlange, und da stellte sich bei ihr etwas ein, das sie nicht zu benennen wusste, eine Art Fernweh – oder war es eher ein Nahweh? Eine Art Hinwendung zu ihrem Innersten, das sträflich vernachlässigt worden war in den Zeiten, als alles Äußere den Raum und das Denken besetzt hatte.

Letzte Nacht hatte Olga träumenderweise eine lange Reise gemacht. Wohin, wusste sie nicht mehr, aber sie wusste, dass der Vater und die Mutter, an die sie sich nicht erinnern konnte, sie auf dieser Reise begleitet hatten. Immer häufiger erschienen sie ihr in letzter Zeit, versuchten, in ihren Kopf und in ihren Schlaf einzudringen. Und wenn sie es zuließ, brachten die beiden sie jedes Mal zur Verzweiflung.

Sie betrat das Wohnzimmer und schaltete das Radio ein. Mit den Klavierklängen löste sich in ihr langsam das Bild von einem sehr kleinen Kind.

Es saß auf den Knien des Vaters, während die Mutter dem Klavier dieselben Klänge entlockte, die Olga gerade hörte. Das schöne, friedvolle Bild brachte sie völlig aus der Fassung.

66

Am Nachmittag war Olga ziellos durch die Straßen von Manhattan spaziert, dann, als sie überraschend vor dem Eingang der Highline stand, beschloss sie, diese Sehenswürdigkeit zu erkunden, und lief die circa fünf Kilometer hin und zurück, wie Radu es ihr empfohlen hatte. Als sie wieder in der Nähe ihrer Wohnung war, spürte sie eine kleine Müdigkeit, setzte sich in einem kleinen, verlassenen Park auf eine Bank und schaute den Spatzen und Tauben zu.

Kaum hatte sie Platz genommen, landete ein noch nicht lange geschlüpfter Vogel mit ganz zartem Gefieder neben ihrem Knie, öffnete den Schnabel und bettelte um Futter.

Sie klaubte ein Stück von dem Sandwich, das sie gerade ausgepackt hatte, und hielt dem Vogel die Handfläche mit den Brotkrumen hin.

Das Vögelchen hüpfte auf ihre Hand und pickte sie auf. Es kam mehrmals wieder und wollte gefüttert werden.

Unterdessen war es Abend geworden, sie war durstig, verließ den Park und betrat das nächstbeste Lokal. Sofort bemerkte sie, dass das wohl nicht der richtige Ort für sie war. Es war eine richtige Spelunke, aber das war ihr jetzt egal.

Vorsichtshalber setzte sie sich an einen Tisch in der Nähe des Ausgangs und bestellte ein Glas Weißwein.

Es saßen einige auffällig gekleidete und stark geschminkte Frauen an der Theke. Eine der Damen erzählte gerade, ihrem letzten Kunden hätte sie am liebsten den Flaschenhals in den Hintern gerammt, um ihn für seine dummen Sprüche zu bestrafen.

Olga tat so, als hätte sie nichts gehört, und versuchte, mit dem Taschentuch ihre linke Hand von den Spuren des Spatzen zu befreien. Er hatte ihr vor lauter Aufregung auf die Hand geschissen.

Zurück in der Wohnung, ging sie sofort ins Bad, um sich die Hände zu waschen und um, wie immer, zu prüfen, ob die Stadt ihr Gesicht verändert hatte.

Als sie das Licht anmachte, erblickte sie auf den Fliesen eine sehr große, sehr schöne amerikanische Kakerlake.

Sie kannte diese Tierchen schon aus Südamerika. Bewusst hatte sie ein solches zum ersten Mal auf der spektakulären Zugfahrt in Ecuador über »La Nariz del Diablo«, die Teufelsnase, gesehen. Damals war es in einem Abfalleimer mit dem Fressen einer halb verfaulten Mango beschäftigt gewesen und wurde, kaum entdeckt, mit Geschrei unter einem schweren Wanderschuh zermalmt. An das kleine knackende Geräusch, das die Cucaracha beim Verlöschen machte, konnte sie sich gut erinnern.

Gegen die Gefangennahme mit einem Tuch – mit bloßen Händen wollte Olga die Badezimmer-Kakerlake nicht anfassen – wehrte sie sich lange und äußerst geschickt, indem sie im Zickzack über den Boden sauste, aber schließlich erwischte Olga sie doch, hielt die Enden des Tuchs krampfhaft zusammen und … ja, und jetzt, wohin damit?

Blitzartig schossen ihr zwei Dinge durch den Kopf: Das knackende Geräusch der Kakerlake damals im Zug auf der Teufelsnase und ein paar Zeilen, ein Gedicht von Erich Fried, mit dem Titel »Totschlagen«: »Erst die Zeit / dann eine Fliege / vielleicht eine Maus / dann / möglichst viele Menschen / dann / wieder die Zeit.«

Sie hatte schon manche Fliege getötet, aber diese schöne, große Kakerlake in ihrem Badezimmer so feige, durch das Tuch hindurch, so absolut anonym mit irgendeinem Küchengerät oder gar mit dem Schuh totzuschlagen, das schaffte sie nicht. Sogar sie aus dem siebten Stock aus dem Fenster zu werfen, brachte sie nicht übers Herz, obschon es der Kakerlake wahrscheinlich nichts getan hätte. Vielleicht können Kakerlaken ja fliegen, aber das wusste Olga nicht. Also packte sie das Tuch samt Ungeziefer in eine große Plastiktüte aus dem nahen Supermarkt, verließ die Wohnung, holte den Lift und fuhr hinunter in den verlassenen, dunklen Park, wo sie die Kakerlake der Nacht überließ.

Das Tier machte sich, aus menschlicher Sicht gesehen, munter und unverletzt davon.

67

Alles häufte sich mit der Zeit. Und eines Tages, ganz plötzlich, wunderte sich Olga, wie groß die verschiedenen Haufen geworden waren: von Wunden, von Freuden, von Narben, von Gesichtern, von Enttäuschungen, von Lieben und Liebeleien, von Wiederholungen ganz allgemein. Auch von Wut.

Nur die Haut wurde immer dünner und schützte einen weder vor dem Eindringen noch vor seinem Gegenteil, dem Rauslassen. Auch der Wut.

Radu hatte ihr von einem alten Maler erzählt, der einmal aus Wut ein Buch in winzige Stücke zerrissen und aus dem Fenster geworfen hatte, sodass die Buchfetzen als Schneeflocken vom Himmel fielen.

Eine ziellose Wut war immer da. Über weite Strecken als stiller Schmerz kaschiert, machte sie sich manchmal explosionsartig Luft – ohne Rücksicht auf Verluste.

Das hatte mit der immer größer und gefährlicher werdenden Durchlässigkeit der Haut zu tun.

Bei Radu war ihr sofort aufgefallen, dass die Haut an seiner Schläfe von einer blauen Ader durchzogen wurde. War sie flach, ging's ihm gut, war sie angeschwollen, war man gut beraten, ihn in Ruhe zu lassen. So wusste sie dank der Durchsichtigkeit der Haut immer, woran sie mit ihm war.

68

Die Geschichte mit der Kakerlake war noch weitergegangen. Ein paar Tage später, als sie von einem Konzert in der Merkin Concert Hall zurückkamen – es war eine herrliche konzertante Aufführung der Oper *Rinaldo* gewesen –, fanden sie, kaum hatte Olga das Licht angemacht, den Badezimmerboden übersät mit lauter hübschen kleinen Kakerlaken.

Mit Mühe und Not gelang es ihnen, sie wieder in das Loch neben der Badewanne, aus dem sie offensichtlich gekommen waren, zurückzuscheuchen; wobei die Tierchen – ganz anders als die große Kakerlake, die sich ihr entgegengestellt hatte – folgsam waren und schließlich eins nach dem anderen ganz brav wieder in ihre dunkle Höhle verschwanden. Von Radus Schreibblock entfernte Olga den Karton auf der Rückseite, schnitt ihn zurecht und verklebte das Loch behelfsmäßig mit Klebstreifen. Am nächsten Tag würde man wohl den Kammerjäger der Immobilie benachrichtigen müssen, zumindest machte man das woanders so.

Radu fiel wie immer schnell in einen tiefen Schlaf, aber Olga konnte in dieser Nacht nur schwer einschlafen. Kaum machte sie die Augen zu, sah sie die kleinen Kakerlaken vor sich, wie sie im dunklen Loch hockten und vergebens auf ihre Mutter, die große, schöne Kakerlake, warteten, die sie ihnen genommen hatte. Ob diese den Weg aus dem Park ganz weit unten durch die Irrungen und Windungen des Hochhauses bis zu ihren Kakerlakenkindern im siebten Stock wiederfinden würde? Olga wurde ganz elend beim Gedanken an das Elend, das sie in der Kakerlakenwelt verursacht hatte. Wusste man denn mit Sicherheit, ob Kakerlaken Gefühle haben oder nicht? Kannten sie Angst oder Schmerz, konnten sie weinen auf ihre eigene Kakerlakenart? Wie und womit verständigten sie sich? Schrien die Kakerlakenkinder jetzt nach ihrer Mutter, während sie hier in ihrem weichen Boxspringbett zwischen kühlen hellblauen Laken neben Radu lag? Sie wusste nichts über diese Tiere.

69

Während Olga in der Küche mit den Pfannen hantierte, fuhr in der Ferne der Sechs-Uhr-Zug vorbei. Der ratternde Lärm scheuchte die Frage auf, ob es möglich war, dass sie jetzt, da sie alt war, nichts mehr überraschen konnte. Dass sie in einen Zustand der Erwartungslosigkeit verfallen würde.

Um Olga herum verdarben die Leben in großer Fülle. Man konnte es den Menschen auf den Straßen und in den Gassen ansehen: wie sie ihre grauen Gesichter vor sich hertrugen, als wären dies die letzten Momente, für die die Kraft noch ausreichte.

Für die Jungen, dachte Olga, gab es noch viele Anfänge. Doch die mit den grauen Gesichtern hatten nur noch Enden vor sich. Jetzt galt es, einen geeigneten Umgang mit den vielen Enden zu finden. Es wurde einem geraten, die Dinge abzuschließen und nicht vorlaut zu werden vor dem langsam entgleitenden Leben. Dies nämlich sei das Privileg der Jungen: vorlaut zu sein. Für die Alten sei die Knospe Leben schon geplatzt.

Trotzdem: Olga sehnte sich weiter danach, wieder einmal überwältigt zu werden von ihm, dem Leben, von der Liebe, von einer Aussicht aufs Meer oder auf einen smaragdgrünen See, von einer Katze, die vielleicht gerade ihre Jungen zur Welt brachte, und vom Schmerz, dem scharfkantigen Ereignis. Er war ja nur die Kehrseite all der hellen, kühnen Dinge aus ihrem Leben.

Es hatte sie gegeben, die sonnendurchfluteten Inseln.

Über eine solche, über die Begegnung zweier Menschen, besser gesagt über den Augenblick, in dem den zwei Menschen bewusst wird, dass sie sich ineinander verlieben oder sich schon lieben – oder wieder lieben? –, hätte Olga unbedingt etwas Fulminantes sagen wollen. Das waren die seltenen Momente der Hingabe in einem Menschenleben, dachte sie, in der übrigen Zeit machte sich das Herz klein, manchmal so klein, dass beinahe nur die Eigenliebe darin Platz hatte.

70

Eigentlich wollte Olga, vom Rabenpaar begleitet, das sich seit Wochen in der Nähe tummelte, einen Spaziergang machen: Hinaus über die Ebene und dann über die Wiesenterrassen hinunter, bis zu jener Stelle, wo der Fluss schäumend aus der Schlucht hervorbrach – aber wahrscheinlich würde sie sich nicht dazu entschließen können. Für manche Spaziergänge reichte die Vorstellung davon.

Auf der Wiese vor ihrem Haus drehten die zwei Raben ihre immer gleichen Runden, blieben stehen, liefen weiter in gemächlichem Schritt, immer nah beieinander, wie das alte Paar aus dem Dorf, das wie die Raben schwarz gekleidet war und den Vögeln von Jahr zu Jahr auch mehr glich.

Und so blieb Olga im Haus, obschon sie es eigentlich besser wusste: Es war vor allem das ungelebte Leben, das einem den Alltag verdarb und die Kraft raubte. Weder das schrille Schackern der Elstern aus dem Busch auf der Südseite des Hauses noch die Raben und auch nicht Radu waren schuld daran, dass es Tage gab, an denen sie die Berge hasste.

Sie hätte das Meer gewählt, wenn sie die Wahl gehabt hätte.

Am Meer zu wohnen musste schön sein, dachte

Olga. Das Meer war ein Ort, wo man jederzeit ankommen konnte und wo alle Wege offenstanden. Am Meer empfand man das Fremde vermutlich nicht als fremd. Man hob die Augen, schickte die Sehnsucht hinaus übers Wasser – und wenn sie wieder zurückkam, durchtränkt von Feuchtigkeit und Salzgeruch, wurde das Fremde ein Teil von einem selber.

Die, die kamen, und die, die gingen, wie auch diejenigen, die blieben, sie alle hatten den gleichen Horizont.

71

Während der Fahrt vom Flughafen in die Stadt erzählte ihnen der Taxichauffeur, er stamme aus dem ehemaligen Jugoslawien.

Und Sie?, fragte er und schaute kurz nach hinten zu Olga. Ah, aus der Schweiz!

Dort habe er nach seiner Flucht drei Jahre gelebt. Damals habe er all seine Bücher zurücklassen müssen. Fünf habe er besessen. Das habe ihn unendlich traurig gemacht. Der Verlust schmerze ihn immer noch, sagte er, und der Ausdruck in seinem Gesicht bestätigte es.

Olga staunte. Fünf Bücher! Sie mussten für den Mann eine große Bedeutung gehabt haben. Wer könnte das von sich sagen, dass der Verlust von fünf Büchern ihn traurig machte, auch noch nach so vielen Jahren!

Nach einer Weile, die er brauchte, um seine Scheu zu überwinden, fragte Radu, der vorne saß, ob er ihnen eines der fünf Bücher nennen könne, das müssten doch sehr wichtige und kostbare Bücher gewesen sein.

Nicht fünf, antwortete der Mann, fünftausend Bücher habe er zurücklassen müssen, aber das mit den Zahlen in den verschiedenen Sprachen habe er immer noch nicht »integriert«, sagte er und lachte. Es seien viele wichtige Bücher dabei gewesen. Er könnte sie jetzt wieder kaufen, aber das sei etwas ganz anderes. Den Wiederholungen fehlen immer *die Funken*, sagte er.

Vielleicht war das der Grund, warum Olga es vermied, noch einmal an den Ort zu fahren, wo sie als kleines Kind mit ihren Großeltern die Ferien verbracht hatte. Es machte sie glücklich, an jene Sommertage zu denken. Sie erinnerte sich an das Haus, an das Plätschern des Brunnens, an den Wind, der im Herbst gegen die Mauer peitschte, an den angrenzenden Friedhof mit den wilden Erdbeeren auf den Gräbern und an die kleine Kapelle. Eine Wiederholung war nicht mehr möglich – wegen der fehlenden *Funken.*

Das Taxi hatte das Hotel erreicht, Radu bezahlte, und sie stiegen aus. Es war schon gegen Mitternacht.

72

In der Nacht hatte es ein kleines Erdbeben gegeben, ein leichtes Ruckeln nur, aber sie war erwacht. Nein, eigentlich war sie nicht wegen des Bebens erwacht, sondern von einem Schrei. Auch Oscar wimmerte draußen im Korridor in seinem Korb.

Olga war vom eigenen Schrei erwacht. Bei geschlossenen Augen versuchte sie, sich an das zu erinnern, was das Beben und den Schrei ausgelöst hatte. Um den Traum nicht endgültig zu vertreiben, stieg sie ganz leise aus dem Bett, aber der Traum ließ sich nicht mehr einfangen. In der Küche machte sie sich einen Kaffee. Der Hund kam schwanzwedelnd zu ihr und wollte fressen. Radu hatte Oscar wieder für eine Woche bei ihr im Dorf gelassen.

Im Prinzip, sagte Olga zum Hund, der seinen Kopf auf ihre Füße gelegt hatte, im Prinzip mag ich Erschütterungen sehr.

73

Olga saß mit dem schnurrenden Kater auf dem Schoß am Tisch und blätterte in der Zeitung. Als sie bei den Todesanzeigen ankam, fiel ihr plötzlich ein, dass es für sie wahrscheinlich auch noch eine Zeit ohne den Kleinen Tiger geben würde, denn das Tier war schon fünfzehn Jahre alt.

Die Vorstellung, auch noch diesen Tod mit sich herumtragen zu müssen, nachdem schon ganze Scharen von Toten sich in ihren Eingeweiden eingenistet hatten und dort ausgiebig Platz beanspruchten, traf sie hart, und sie stieß einen Laut aus, so fremd, dass der Kater fauchend zu Boden sprang und durch die Katzentüre ins Freie verschwand.

Den Tigersprung vom Weinen zum Lachen schaffte Olga diesmal mühelos, stellte sich hinter die Kücheninsel und begann, Kartoffeln zu schälen. Kochen und Essen waren eine gute Alternative zum Grübeln, das hatte ihr die Großmutter schon früh beigebracht.

Von ihr hatte sie auch erfahren, es gäbe eine Spinne, die unter Wasser lebte. Um dort atmen zu können, sammelte sie an der Wasseroberfläche viele Luftbläschen, die sie in filigraner Arbeit zu einer großen Luftblase zusammenfügte, in der sie dann wohnen konnte. In einem Luftblasenhaus sozusagen. Das kam Olga irgendwie bekannt vor.

74

Diesmal war es ein Lied, das sie aus dem Schlaf gelockt hatte. Sie kannte es. Schon lange. Der Wecker zeigte nach Mitternacht. Aus der Dunkelheit stiegen in Zeitlupe Bilder herauf, geisterhaft, unzusammenhängend, dann fügten sie sich hinter Olgas noch geschlossenen Augenlidern immer klarer zu einer Szene von inniger Zweisamkeit zusammen.

Ein Kind saß auf dem Schoß einer Frau. Sie hielt es liebevoll in ihren Armen. Aus dem Radio kam eine Melodie, die durch die Haut des Kindes bis in sein Herz eindrang.

Was will das Lied mir sagen?, fragten seine Augen.

Es spricht von dem, was die Menschen auf Trab hält, sagte die Frau, von der Liebe und vom Tod ... und von dir und von mir.

Es war das gleiche Lied, das jetzt leise aus dem Wohnzimmer drang, es war das Lied der Solveig.

Durch den Lichtschlitz in der Türe konnte Olga sehen, dass Radu immer noch arbeitete.

75

Wenn Elsa wieder eine schwierige Zeit durchmachte, saß sie bei Olga im Wohnzimmer und schüttete ihr Herz aus.

Elsa hatte die Angewohnheit, ihre Bitterkeit zu horten.

Gelegentlich bin ich darum sehr wütend, sagte sie. Meine Wut wärmt, aber leider verglüht sie bei mir schnell, auch wenn ich mich bemühe, sie möglichst lange am Lodern zu halten. Sie durchströmt meinen Körper wie eine Droge. Ein gutes Gefühl, meinte Elsa, und keineswegs gefährlicher als die Liebe. Was ist nicht schon alles getan worden im Namen der Liebe!, sagte sie.

Um das Zuviel an Wut wieder loszuwerden, erzählte sie Olga gerne von den seltsamen Pirouetten ihrer Phantasie.

Sie pflegte die berauschende Vorstellung, Teil einer Hundemeute zu werden. Die in ihr aufgestaute Bitterkeit würde sich entladen, wenn sie sich dieser Meute anschloss, erklärte sie Olga, die sie aufmerksam beobachtete. Elsa hörte sich schon jaulen und bellen, sah sich jagen, sah sich die Feinde, die sie hierher ins Gelbe Haus gebracht hatten, verfolgen im Rausch, bis diese vor Erschöpfung liegen blieben und sie sich hemmungslos über sie hermachen könnte.

Danach schwieg sie eine Weile, bleich und erschöpft, als käme sie soeben von einer Verfolgung zurück.

Außerdem, erzählte Elsa, müsse sie manchmal *ihren Korridor aktivieren*, in dem sie sich ungestört austoben könne. Der Korridor war ihre Erfindung. Sehr nützlich, sagte Elsa: Sie rannte in Gedanken durch ihren kilometerlangen Korridor immer weiter weg, bis sie ganz klein war. Dort konnte sie sich ungeniert austoben, und wenn sie wieder zurückkam, sah die Welt anders aus.

76

Der Himmel draußen war trüb.

In der Küche nahm Olga ein Glas, das noch vom Vortag auf der Anrichte stand, und goss sich, ganz selbstverständlich, einen Tequila ein. Erst dann wurde ihr bewusst, dass es noch nicht einmal Mittag war und sie sich wie eine Alkoholikerin benahm – aber sie brauchte jetzt unbedingt etwas Hochprozentiges. Noch immer nicht ganz wach, hielt sie das Glas gegen das Licht und schaute durch die klare Flüssigkeit in den Korridor, wo sie ihren Mantel am Vorabend achtlos auf dem Stuhl hatte liegen lassen.

Der Traum vom Fallen wiederholte sich seit einer Woche jede Nacht. Olga fiel und fiel, und das Fallen nahm kein Ende. Erschöpft torkelte sie durch den nächsten Tag, nur um irgendwann nach Mitternacht noch erschöpfter einzuschlafen und weiter ins Bodenlose zu stürzen. Sie war zwar mittlerweile ziemlich erfahren im Umgang mit dem Ungewissen, doch dieser Traum beunruhigte sie.

Sie kam sich wie ein Küken vor, das irgendwo im All ausgebrütet und dann ohne Erbarmen aus dem Nest geworfen worden war.

77

Durch das offene Küchenfenster war die Stimme des Nachbarn zu hören gewesen. Vergangene Nacht habe eine Kuh gekalbt, erzählte der Bauer. Das Kälbchen habe er nach seiner Frau getauft; da der Name gerade mit O beginnen müsse, heiße es auch Olinda.

Olga saß mit der Großmutter und dem Großvater beim Frühstück und spitzte die Ohren. Sie freute sich, dass ihr Name mit dem gleichen Buchstaben anfing wie jener des Kälbchens.

Später hatte sie den Großvater gefragt: Können auch Sterne kalben?

Du stellst Fragen, sagte der alte Mann, ich weiß es nicht, frag morgen in der Schule bei der Lehrerin nach.

Am nächsten Morgen sprach die Lehrerin in der Klasse über die Sterne. Sie wusste einiges über sie: Auch Sterne starben. Es gab solche, die starben spektakulär: Sie explodierten, sagte sie und gestikulierte dabei ganz wild mit den Händen. Und manchmal wurden die Sterne von Planeten so schnell und ausdauernd umkreist, bis sie regelrecht betrunken durch das All taumelten. Aber ob Sterne kalbten, das wusste sie im Moment nicht. Sie versprach, den befreundeten Astronomen von der Sternwarte im größeren Nachbarort zu fragen, wie das so sei mit dem Kalben der Sterne.

Die Lehrerin schrieb die Namen der Sterne und Sternbilder, die sie kannte, an die Tafel; darunter gab es das *Sternbild des Großen Hundes*, der die Fähigkeit hatte, sich unsichtbar zu machen, was Olga ganz besonders gefiel.

Am liebsten wäre sie das Auge des Großen Hundes gewesen, oder vielleicht seine Nase? Um nach Lust und Laune im All herumzuschnuppern, wie es Chan auf den Spaziergängen machte.

Alles, was mit dem Himmel zu tun hatte, interessierte Olga.

78

Als Olga zum ersten Mal ihr dickes weißes Seidenhemd wusch, das sie auf der Reise über die nördliche Seidenstraße gekauft hatte, knirschte der Stoff beim Auswringen im Lavabo wie frischer Schnee unter den Schuhen.

Und als es jetzt über Nacht zum ersten Mal schneite, Flocke um Flocke sich auftürmte und ihre Schritte am Morgen auf dem Weg zum Briefkasten unter den Sohlen knirschten, dachte sie an das weiße Hemd und an diese gemeinsame Reise mit Radu. In keiner anderen Jahreszeit dachte sie so häufig an ihn wie im Winter, wenn der Schnee unter den Schuhen knirschte.

Er mochte den Winter nicht.

Die Liebe zu ihm hatte immer auch etwas Verzweifeltes an sich, sie war ein bisschen zu groß. Olga hätte für ihn einen Augapfel hergegeben, vielleicht auch zwei. Doch die Vertrautheit ihrer Körper war von Anfang an brüchig, und durch die Ritzen konnte manchmal unvermittelt die Fremdheit hervorblitzen. Es war zwischen ihnen ein ewiges Zusammenkommen und Auseinandertreiben.

79

Kühne Dinge waren gesagt worden in der kurzen Zeit, seit sie im Café saßen. Radu wollte an der diesjährigen Tigerzählung im Amur-Gebiet teilnehmen und würde mehrere Monate wegbleiben. Olga warf ihm einen vorwurfsvollen Blick zu. Heute war sie nicht bereit für solche Gespräche.

80

Wenn sie als Kind am Fenster stand und hinausschaute, hatte sie sich gefragt, was wohl jenseits der Berge sein könnte. Etwas musste dort noch sein, irgendwie spürte sie, dass diese Welt, in der sie sich täglich bewegte, nicht alles sein konnte. Irgendwo in ihrem Innern war eine alte Ahnung von etwas Großem, das sich jenseits der Berge im Blau des Himmels verbarg. Die Frage beschäftigte sie immerzu. Auch an jenem Tag im Herbst, als sie mit ihrem Großvater im Garten unter dem Fliederbaum saß. Es war ein strahlender Tag, sie hatten schon eine Weile geschwiegen, den Blick nach oben auf die duftenden Blüten gerichtet, da fragte Olga plötzlich:

Ist der Himmel hinter den Bergen der gleiche, den wir jetzt sehen? Und der Großvater antwortete: Ich kann es dir nicht sagen, denn jeder sieht mit seinen Augen nur den eigenen Himmel. Aber du kannst die Antwort für dich selber finden, indem du die Berge überwindest. Bald wirst du groß genug dafür sein.

Sobald sie die Schrift besser verstehen konnte, hatte Olga begonnen, alles, was sie über den Himmel, das All oder das Universum in die Finger bekam, zu lesen. Da war von Dingen die Rede, die sie vor Begeisterung außer sich geraten ließen: von unendlich weiten, noch unerforschten Räumen, von tiefster Finsternis und von unvorstellbarer Helligkeit, von Milchstraßen und Sternen, vom Stelldichein der Sternschnuppen, von gleißenden Feuerbällen, von Kratern, von Lichtjahren, von der großen Einsamkeit der Planeten, vom Blutmond – und von den Schwarzen Löchern. Das Schwarze Loch stellte sich Olga als eine Art gefräßiges Riesenmonster vor, das in seiner Höhle hockte, ständig auf Beute lauernd. Kam dem Ungeheuer etwas nahe und geriet in seinen Sog, dann – so hatte es der Großvater erklärt – tat das Schwarze Loch dasselbe wie die Spinne im Garten: Es fing den Eindringling und fraß ihn auf. Kam keine Beute in die Nähe, starb das Schwarze Loch genauso, wie die Spinne sterben musste, wenn sich niemand in ihrem Netz verfing. Das Schwarze Loch blieb ihr dennoch rätselhaft.

Vielleicht, so dachte sie, war das Schwarze Loch gar kein Ungeheuer, sondern nur eine Art Staubsauger, der alles in sich hineinsaugte, was in seine Nähe kam? Sie hätte gerne einen Blick in so ein Schwarzes Loch geworfen, um sich die tausenderlei Dinge, die schon im Sack des Staubsaugers verschwunden waren, anzuschauen.

81

In hellen Nächten, wenn sie nach der Klavierstunde eine Abkürzung zu den Großeltern nahm, musste sie die kleine Lichtung im nahe gelegenen Wald durchqueren. Da, über die Wiese laufend, von dunklen Tannen beschützt, über ihrem Kopf der dicht bestirnte, kreisrunde Himmelsauschnitt, kam es ihr jedes Mal vor, als liefe sie dem All entgegen.

An ihren freien Nachmittagen begab sich Olga oft in dieses Wäldchen, wo sie sich geborgen fühlte wie sonst nirgends. Sie sammelte Tannzapfen, kleine Stecken, Moos, Blumen und Steinchen und bastelte daraus mithilfe von Grashalmen und Zündhölzern, die sie aus der Küchenschublade mitgenommen hatte, vierbeinige Wesen, die sie Kühe nannte. Ein solches Kuhwesen hatte sie ihrer Großmutter zum Geburtstag geschenkt. Die Großmutter schaute es mit einem Lächeln an und sagte: »Diese Kuh sieht irgendwie außerirdisch aus.« Die fertigen Kühe versteckte Olga abends zwischen den Berberitzen am Hang, und im Spätsommer hatte sie eine ganze Herde zusammen. Viele Stunden verbrachte sie mit ihren Kühen und ließ die Tiere auf der kleinen Lichtung grasen, während sie am Waldrand saß und darüber nachdachte, ob sie womöglich hier, genau hier auf dieser Lichtung, in die

Welt gepurzelt war, weil ihre außerirdischen Eltern sie aus Unachtsamkeit ins Bodenlose hatten fallen lassen. Oder war es vielleicht gar keine Unachtsamkeit gewesen? Hatte man sie dort, irgendwo im All, einfach nicht haben wollen mit ihrem roten Haar und dem schielenden rechten Auge und sie darum einfach aus dem Nest geworfen?

Die Unsicherheit über ihre Herkunft reizte ihre Phantasie. Sie erfand immer genauere, bis ins kleinste Detail ausgearbeitete Geschichten von einer fremden, fernen Heimat. Ihren Kühen erzählte sie von einem himmlischen Ort, wo es noch einen Vater, eine Mutter und andere Kinder gegeben hatte, reine Abbilder der himmlischen Eltern mit langen, nachtschwarzen Haaren, die an windigen Tagen, oder wenn sie auf ihren Untertassen durch die Lüfte rasten, hinter ihnen herflogen wie zerfetzte Flügel. Sie lebte mit einer stechenden Sehnsucht nach ihrer Heimat im Bauch, die auch die Großmutter und der Großvater nicht stillen konnten.

Auf dem Schreibtisch ihres Großvaters fand sie eines Tages, als sie aus der Schule kam, ein Buch, aufgeschlagen auf Seite einundzwanzig. Dort hatte der Großvater einen Satz mit Rotstift unterstrichen: *Der Kosmos schließt in sich unsere Erde, dieses im Weltall verschwindende Stäubchen der Materie, auf dem unser Dasein stattfindet.* Olga las und las den Satz immer von Neuem, staunte und versuchte ihn zu verstehen. Wenn die Erde ein Stäubchen ist, was bin ich?, fragte sie sich. Kann man so ein Stäubchen, wie es manchmal auf den schwarz glänzenden Tasten des Klaviers ihrer Großmutter zu sehen war, überhaupt noch teilen? Und warum ist mein Heimweh so groß, wenn ich doch nur ein winziger Teil von einem Staubkörnchen bin? Irgendwie konnte etwas nicht stimmen mit diesem Stäubchen, denn sie fühlte trotz Heimweh eine große Kraft in sich. Mit Leichtigkeit konnte sie die Welt zum Verschwinden bringen und sie auch wieder herbeiholen. Sie brauchte nur die Augen zu schließen und wieder zu öffnen. Weil sie den Schwarzen Löchern viel Zeit gewidmet hatte, wusste sie, dass das, was man nicht sieht, nicht aufhört zu existieren. Schwarze Löcher konnte man zwar nicht sehen, weder mit offenen noch mit geschlossenen Augen, und auch mit dem besten Teleskop der Welt nicht, aber man wusste, dass sie existierten, denn wenn sie hungrig waren, fraßen sie gierig alles auf, was in ihre Nähe kam. Sterne, die so mutig waren, sich bis an den Rand des Ungetüms zu wagen, verschwanden, wurden ausgesaugt oder zerrissen und landeten schließlich im Bauch des Ungeheuers, hatte der Großvater gesagt. Die Welt war immer da, auch wenn sie mit geschlossenen Augen unsichtbar blieb. Trotzdem fühlte sich Olga mächtig, denn eine Bedeutung hatte die Welt nur dann, wenn sie die Augen öffnete und so der Welt ein Gesicht gab.

Olgas Augen wanderten vom offenen Buch auf dem Schreibtisch hinauf zur Pinnwand hinter dem Pult ihres Großvaters. Dort hingen viele kleine Zettel in verschiedenen Farben, darunter ein gelber, auf dem in Druckbuchstaben geschrieben stand: *Wo gehn wir denn hin? Immer nach Hause.*

82

Radu setzte sich an den Tisch und schlug die Zeitung auf, aber anstatt zu lesen, legte er beide Handflächen auf die Doppelseite und schaute aus dem Fenster.

Ist es möglich, dass da langsam eine gewisse Sympathie zwischen uns beiden wächst?, sagte er zum Kater, der es sich unterdessen auf der Zeitung gemütlich gemacht hatte.

Ohne ihn anzuschauen, begann er seine Finger ins dichte Fell des Tiers zu vergraben. Der Kater aber weigerte sich, von einem abwesenden Geist berührt zu werden, sprang mit peitschendem Schwanz vom Tisch und verschwand durch die offene Türe in den Garten hinaus. Das Tier war anspruchsvoll, es verlangte immer die volle Hingabe. Es hatte sofort gespürt, dass Radus Gedanken nicht bei ihm waren. Wahrscheinlich waren sie bei Olga, denn sie hatten sich gerade gestritten – über eine Lappalie, eigentlich nicht der Rede wert.

Auch Olga entzog sich ihm und ging in den Garten hinaus. Sie lief durch die Beete, rupfte und zupfte hier und dort etwas zurecht und setzte sich dann auf die Bank unter der Birke.

Als sie den Kopf wandte, traf ein Lichtstrahl Radu, der wie angewurzelt hinter dem Fenster stand.

Was wollte er ihr sagen?

83

Der Nebel verschluckte gerade die Häuser am Rande des Dorfs, als sie Radu im fahrenden Zug ein letztes Mal nachwinkte. Die Abschiede häuften sich.

Der Gedanke, dass sie Radu vielleicht nie mehr sehen würde, war immer da, wenn er wegfuhr, aber im gleichen Augenblick verscheuchte sie diesen Gedanken ganz entschieden, denn einmal, als sie sich stritten, hatte Radu nach einer längeren Pause in die Stille hinein gesagt: Man kann das Gute, aber auch das Böse herbeireden. Worte können magnetisch sein.

Auf dem Stoppelfeld, das sie überquerte, um schneller zu Hause zu sein, tummelte sich wieder das Rabenpaar, das die Landschaft mit einer kilometerweiten Einsamkeit überzog.

84

Irgendwo im Gebiet des Amur musste er sich herumtreiben, an den Ufern des gewaltigen, unberechenbaren Stroms, der immerzu an seinen Ufern nagt und sein Bett manchmal verlässt.

Er hatte sich einer Gruppe von Wissenschaftlern und Vertretern verschiedener Tierschutzorganisationen angeschlossen, um an der jährlichen Tigerzählung teilnehmen zu können.

Die bis über 200 Kilo schweren Raubkatzen lebten vor allem im fernen Osten Russlands, in der Taiga, die ihnen ein letztes Refugium bot, hatte er Olga einmal erzählt und dabei versucht zu lachen, weil sie offenbar ein besorgtes Gesicht gemacht hatte.

Wenn Radu aber erkältet war, krächzte er beim Versuch zu lachen wie ein Rabe. In solchen Momenten war Olga dem Glück auf der Spur.

Manchmal reichte ihr die Vorstellung von seinem Lachen, denn wie ein Gift war auch das Glück nur in kleinen Dosen genießbar.

85

Dunkle Wolken stauten sich an den Flanken des Bergs. Dann setzte ein heftiger Regen ein. Dabei kam ihr die Großmutter in den Sinn, die bei plötzlich einsetzendem, stürmischem Regen aufgeblüht war.

In ihrem letzten Lebensjahr hatte die alte Frau viel gestrickt, vor allem Socken – für den Großvater. Die Socken waren alle gelb. Die Farbe brachte ein wenig Sonne in ihre Augen, die sich schon verdunkelt hatten – vor allem das linke, nachdem ihr beim Anbraten eines Lendenstücks vom Rind ein Spritzer heißes Öl hineingeraten war.

Das Stricken ging nun fast automatisch, die Socken hatten alle nicht nur die gleiche Größe und die gleiche Farbe, sie waren auch für die immer gleichen Füße bestimmt. Für seine Füße, seine seidenen Füße, die weißen, zarten, die sich schon lange *aus dem Staub gemacht hatten,* wie sie zu sagen pflegte. Und während sie strickte, entwich von Zeit zu Zeit ein beinahe lautloser kleiner Seufzer ihrem Mund.

86

Es war Nacht. Die Frau auf der Leinwand fuhr in einem Taxi durch die verlassenen Straßen zu ihrem jungen Geliebten, einem Musiker mit schwarzem Haar, sehnsüchtigen Augen und einem stets blutverschmierten Mund. Die Einsamkeit der Vampirfrau und ihres Liebsten, ihre verzweifelte Jagd nach dem Leben der anderen, nach dem Leben im Licht, die ewige Dämmerung, diese nie endende Jagd, die spukhaften Überfälle auf junge Pärchen in Parks, in Seitenstraßen oder in düsteren Kinosälen und die langsamen Kamerafahrten über die vom Blutrausch verzerrten Gesichter, das alles verfehlte seine Wirkung auf Olga nicht.

Als sie gegen Mitternacht heimgekommen war, lag Radu schon im Bett, nur der Kleine Tiger schlich ihr um die Beine und bettelte, indem er seinen Kopf kräftig in Olgas Hand drückte. Sie streichelte das Tier, bis das dumpfe Schnurren in ein singendes Miauen überging, und füllte den Napf mit den Resten des Mittagessens. Die Müdigkeit schien in solchen Momenten mit dem Tier von ihr zu weichen. In der übrigen Zeit umgab sie Olga zeitweise wie eine Pelerine. Mit einem kurzen Maunzen gab der Kleine Tiger zu verstehen, dass er auf die Terrasse wollte. Olga öffnete die Türe, und während er in der Dunkelheit des Gartens verschwand, setzte sie sich auf einen Stuhl, immer noch die Bilder der herumirrenden Vampire im Kopf.

Um diese Jahreszeit überzog der Löwenzahn ganze Landstriche und färbte sie mit seinem glühenden Gelb ein, das etwas von seinem Glanz, sogar nachts, auch an die seit Kurzem vom Schnee befreiten Berghänge abgab. Nur noch ein paar schimmernde Schneezungen waren dort zu sehen.

Ob lichtscheue Wesen wie die Vampire auch hier in den Bergen unterwegs auf der Jagd waren?

Laut Elsa ja. Es gab ihr zufolge mindestens ein Exemplar davon im Dorf, nämlich den Küster. Doch dieser heimische Vampir hatte es nicht auf das Blut abgesehen, sagte Elsa. Er war auf der Jagd nach den Seelen. Bei seiner Jagd wendete er eine spezielle Methode an, eine Art unblutigen Vampirismus, den Elsa als den »farblosen Vampirismus« bezeichnete. Dabei saugte der Vampir seinem Opfer über eine lange Zeit hinweg in homöopathischen Dosen die Seele aus dem Leib.

87

Olga gefiel es, die Zeit in umgekehrter Richtung abzutasten. In Notzeiten war die Erinnerung ein Kissen, in das sie gerne ihren Kopf legte.

Was die äußeren Maße anging, war das Universum ihrer Kindheit überschaubar gewesen. Auch wenn der äußere Raum größer wurde, sich mit den Jahren ausdehnte auf andere Länder und Kontinente, er erreichte niemals die Dimensionen ihres inneren Kosmos. Alles, was nachträglich hinzugekommen war, fand leicht Platz in den unendlichen Weiten, in die Olgas Neugier sie damals geführt hatte.

Als Kind war sie oft am Fenster ihres Zimmers still gestanden und hatte die Nase an der mit Eiskristallen verzierten Glasscheibe platt gedrückt. Direkt gegenüber, auf der anderen Seite des Flusses, kletterte der Wald den steilen Berg hinauf und breitete seinen schweren, borstigen, schwarz-weiß gesprenkelten Wintermantel aus Rottannen und Lärchen über die Hänge aus. Obwohl sie noch nie in jenem Wald gewesen war, kannte Olga ihn aus den Erzählungen des Großvaters, und sie machte sich ein Bild von ihm und von seinen Bewohnern.

Einer davon musste der Wilde Mann sein, der einmal im Jahr zu Besuch kam, ein schön gekleideter alter Herr. Er setzte sich mit der Großmutter und dem Kind ins Wohnzimmer, und sie suchten im Katalog, auf dessen Titelseite in großen Buchstaben *Zum wilden Mann* stand, gemeinsam ein Kleid für das Mädchen aus. Diesmal entschied man sich für ein Hängerchen mit Smoke- und Blümchen-Stickerei aus pistachegrüner Seide. Das würde Olgas Augen am besten zur Geltung bringen, meinte der Mann.

Die Großmutter kannte ihn schon lange. Sie sagte jeweils: Morgen kommt der wilde Mann. Das Kind betrachtete ihn aufmerksam. Der Mann war so gekleidet wie die Herren, die ihre Ferien im großen Hotel verbrachten. Er trug einen dunkelblauen Anzug, ein helles Hemd und eine silbrig glänzende Krawatte. Er hatte nichts von einem wilden Mann. Vermutlich, so dachte das Kind, war er nur ein Angestellter des wilden Mannes, der seine schön gekleideten Vertreter zu den Leuten schickte, damit sie nicht erschreckten vor seiner Wildheit. Er, der Chef, blieb in seinem großen Haus im Wald, wo er in einem riesigen Saal, in dem überall riesige Stoffballen herumlagen, einen Haufen Zwerge zur Arbeit und zur Eile antrieb, damit die Kleider rechtzeitig fertig würden. Den Stoff hatten die Waldfeen aus dem Mondlicht gesponnen.

Der echte wilde Mann saß auf der Bühne auf einem Thron und schlug den Takt, indem er mit seiner rechten Hand auf den mächtigen Oberschenkel klopfte, und sein roter Bart, der flechtenartig an seinem Gesicht hing, zitterte bei jedem Schlag. Wenn der Angestellte aus den Dörfern zurückkam und sein Bestellbuch präsentierte, nickte der wilde Mann und lobte ihn.

Nach zwei Monaten, kurz vor Weihnachten, kam dann im Dorf das große Paket mit dem pistachegrünen Kleid an.

Die Großmutter schälte es langsam mit den Fingerspitzen aus dem Seidenpapier, hielt es in die Höhe, strich leicht über den Seidenstoff, der wie ein Schmetterlingsflügel flatterte, schob einen Kleiderbügel sorgsam durch die Halsöffnung und ging mit dem Kind ins Schlafzimmer, wo sie das Kleid an die Schranktüre hängte. Dann standen beide davor, überwältigt von der Schönheit des Schmetterlings, den der wilde Mann ihnen geschickt hatte, und die Großmutter nahm das Gesicht des Kindes in ihre Hände und küsste es. Aber Olga war mit ihren Gedanken schon wieder beim wilden Mann. Wunderbar, dachte sie, einfach wunderbar, dass der wilde Mann mit seinem furchterregenden roten Bart und seinen riesigen Händen in der Lage war, so zarte Dinge von seinen Zwergen im Wald machen zu lassen.

Dieses Kind, wenn es nicht aus Unachtsamkeit erstickt worden war, musste immer noch irgendwo in ihr drin hocken, dachte Olga, und auf seine Befreiung warten.

88

Auf Seite siebzehn ihrer Tageszeitung war von einem Stern die Rede, der auf die *schiefe Bahn* geraten war; und etwas weiter sprach der Autor des Artikels von einem *galaktischen Mahl.* Man konnte also auch im All vom richtigen Weg abkommen, und anscheinend ging es auch im All vor allem um eines: ums Fressen und Gefressenwerden.

Und wie auf der Erde gab es auch im All Elemente, die gefräßiger waren als andere, solche, die ihre Umgebung mitsamt ihren Mitmenschen als Buffet betrachteten, an dem sie sich frei und nach Belieben verköstigen konnten.

Im jedem Dorf gibt es solche, die ziehen, und andere, die sich ziehen lassen, sagte Elsa, die ihre Nachbarn gerne beobachtete und zu erforschen versuchte. Von ihrem kleinen Balkon aus hatte sie eine gute Sicht auf das Leben und Innenleben der Dorfbewohner.

89

Bevor Elsa Olgas Haus verließ, sah sie sich noch kurz im Spiegel an. Sich selber beim Verwelken zuzusehen ist anstrengend, sagte sie. Der Körper verlangt immer mehr Aufmerksamkeit. Die Hülle trocknet aus, das Gerüst wird klapprig und das Fleisch schlaff.

Sie zog die Lippen nach und versuchte, eine Fliege am Spiegelrand mit der Hand zu erwischen.

Wie erlebt eigentlich eine Fliege den Ablauf ihrer Zeit?, fragte sie Olga. Waren die Verwüstungen des Körpers weniger spürbar, wenn man eine Fliege war und die Zeit so limitiert?

90

Als sie Licht im Haus machte, kamen die Kühe wieder bis an den elektrischen Zaun und schauten ihr zu, wie sie hinter der Glasscheibe den Abend erwartete. In der Dämmerung wuchsen die Tiere draußen auf der Wiese zu bedrohlichen Schatten heran.

Olga ging hinaus und streckte ihnen hartes Brot hin, das sich die Tiere mit ihren rauen, blauen Zungen gierig über den Elektrozaun hinweg holten. Die mit weißen Haaren ausgepolsterten Ohren der Tiere schimmerten rosarot, während die Sonne hinter ihnen unterging.

Der obere Teil der Bergspitzen war immer noch hell, während der Tannenwald direkt darunter sich bereits schwarz einfärbte für die Nacht.

Reglos verharrte Olga, bis auch die letzte Spur von der Sonne verschwunden war.

In der Nacht träumte sie von einem Garten mit riesigen, explodierenden, feuerroten Tulpen, und mittendrin stand Radu und sprach in vagabundierenden Worten zu ihr.

91

In der Hand hielt sie die Kinderzeichnung, die sie am Morgen in einem Buch über Vögel gefunden hatte. Im diesem Buch war von einer Fruchttaube die Rede, die gerne Gärobst fraß, sodass sie hie und da, gefräßig, wie sie war, betrunken vom Baum fiel. Ausgerechnet aus den Seiten, auf denen über diesen mondänen Vogel berichtet wurde, war ihr das Blatt entgegengefallen.

Die Großmutter hatte alle Kinderzeichnungen von Olga in einer Schuhschachtel aufbewahrt, aber dieses eine Bild hatte sich offensichtlich ins Vogelbuch verirrt. Es zeigte ein Kind mit grünem Haar und zwei riesigen Sonnen als Hände.

Der besoffene Vogel hatte eigentlich nichts gemein mit dem Kind auf der Zeichnung, aber aus einem unerfindlichen Grund stellte Olgas Gehirn sofort eine Verbindung her, was in ihr eine große Zuneigung zum verlorenen Kind weckte, das da ganz betrunken vor Glück mitten auf dem Papier prangte. Was wusste dieses Kind, das Olga nicht wusste – oder nicht mehr wusste? Seit sie sich erinnern konnte, war da immer ein stilles Weh in ihr, aber das Kind schien davon noch unberührt.

92

Zahlreiche Wölkchen schwebten in lang gestreckter Formation einer großen, dicken Wolke hinterher und erinnerten an eine Schulklasse, die etwas unwillig hinter ihrem Lehrer hertrottet. Ganz langsam verschwand die Schulklasse mitsamt dem Lehrer hinter dem höchsten Berg.

Im Garten hatte sich in den letzten Tagen viel Herbstliches angehäuft. In dieser Jahreszeit bekam Olga manchmal Lust, ihre Menschengestalt abzuwerfen, in die Luft aufzusteigen und sich den Zugvögeln anzuschließen, denn die Uhr tickte an solchen Tagen lauter als sonst.

Im Stall gegenüber, wo auch ein paar Schweine hausten, war alles still, kein Grunzen und Schmatzen zu hören. Bei schönem Wetter lagen die Tiere Borste an Borste im Freien, und jedes Mal, wenn sie dort vorbeiging, musste sie einen kleinen Moment stehen bleiben. Das Schwein hatte vieles gemeinsam mit ihr, das wusste sie. Eigentlich war es eine Art Kannibalismus, diese Verwandten zu töten und zu fressen.

In Quito war es ihr gelungen, Freundschaft zu schließen mit einem solchen Wesen. Auf ihrem Weg zur Bushaltestelle ging sie an einem mit Avocadobäumen gesäumten Hain vorbei, wo ein großes, schwarz-braunes Schwein sich auf der Erde wälzte.

Sie kamen sich täglich etwas näher, und nachdem Olga dem Tier einen Namen gegeben hatte, wurde die Beziehung schnell bedeutungsvoller. Rosa kam auf ihren Ruf im Galopp herbeigesprungen, warf sich mit Schwung auf den Rücken und forderte laut grunzend von Olga ihre Bauchmassage.

93

Pünktlich Anfang November versammelten sich über dem Dorf die Vogelschwärme zum großen Abschiedstanz. In harmonischen, aber überraschenden Wendungen flogen sie in Form einer liegenden Acht vor und zurück, immer wieder vor und zurück – fast wie Olgas Zeit, die sich zusehends auch rückwärtsbewegte und hie und da sogar stehen blieb.

Sie wandte sich vom Fenster ab.

Aus der Tiefe des Raums kam Radu auf sie zu. Seit Tagen war er wegen einer Erkältung nicht mehr aus dem Haus gegangen. Die großen Räume des Hauses kamen ihnen in solchen Situationen gelegen. Sie brauchten viel Platz.

Früher hatten die Menschen ohne Probleme eng beieinander in ihren Behausungen gelebt, denn für sie war das Dorf ein erweitertes Wohnzimmer gewesen. Jetzt ertrug man diese Nähe nicht mehr, dachte Olga. Der Einzelne beanspruchte viel mehr Raum in seiner Höhle, denn jeder Schritt aus den eigenen vier Wänden war ein Schritt auf feindliches Terrain.

94

Unter den kahlen Lärchen zwischen den Häusern bildeten die Nadeln im Herbst orangefarbene Nester und weiche Teppiche, die er nicht sah. Sein Blick war meistens nach oben gerichtet. Olga aber wusste: Wenn alle Nadeln am Boden lagen, bekam man eine Ahnung vom Nichts.

Die Anwesenheit der Dinge war das eine. Ob das Auge darauf fiel und wie es darauf fiel und sich den Gegenstand zu eigen machte, war das andere.

Sie lebten auf verschiedenen Planeten, aber Radu hatte die Gabe, ihr von Zeit zu Zeit ein Fenster auf den seinen zu öffnen. Manchmal blieb das Fenster ganze Tage lang offen, manchmal nur ganz kurz.

Olga hätte gerne die Zeit ein wenig gedehnt, wenn er bei ihr war.

Und manchmal, nachts, wenn sie ihre Fäuste in den Höhlen seiner Achseln versteckte, gelang ihr das.

95

Seit einer Stunde lag Olga bewegungslos in der Badewanne. Sie begann zu frösteln und versuchte, mit den Zehen den Warmwasserhahn zu öffnen. Als das heiße Wasser in die Wanne lief und ihren Körper wärmte, tauchte Radus Gesicht vor ihr auf, und sie fing an, mit ihm zu reden, obschon sie wusste, dass sie auch diesmal auf ihre Fragen keine Antwort bekommen würde.

Wo bist du?, fragte sie laut.

Der Warmwasserhahn tropfte, und der Regen klopfte ans Fenster.

Als Olga aus dem Bad kam, trug sie nur ein Frotteetuch um den Kopf. Ihr Gesicht und ihre Unterarme waren rotbraun, der Rest des Körpers von einem leuchtenden Weiß. Bevor sie sich ins Bett legte, stellte sie sich noch kurz ans Fenster. Durch das Geäst der Sträucher konnte sie das Haus auf dem Hügel sehen, wo die Lichter in diesem Moment eins nach dem anderen ausgingen und am Ende nur noch ein massiger schwarzer Quader dastand, der einen Buckel machte gegen den silbernen, fast durchsichtigen Himmel.

Im Haus, wo sie bei den Großeltern aufgewachsen war, hatte es ein Zimmer gegeben, da hatte es sich immer so angefühlt, als regnete es in Strömen. Und es war immer Sommer gewesen in jenem Zimmer. Ob es draußen schneite oder ob schönes Wetter war, man fühlte sich dort zu jeder Zeit an einen Regentag versetzt, irgendwo, wo die Wiesen unter dem Prasseln der Regentropfen in voller Blüte standen.

Und danach war alles wie neu.

96

Wenn sich nachts dieser Zustand zwischen Wachsein und Schlaf einstellte, so eine Art seelisches »Entre chien et loup«, saß Olga in ihrem Wohnzimmer am Tisch und schaute durch die bodentiefen Fenster hinaus in die Nacht.

Im Juni kam das am häufigsten vor. Dann war ihre ganze Wiese bedeckt mit Margeriten, ein Stängel stand dicht neben dem anderen, und wenn der Mond drauf schien, schimmerte das Weiß der Blütenblätter, als hätte es geschneit; und wenn dann der Wind die Schneewiese zum Schaukeln brachte, war es wahrhaftig so, *als hätt der Himmel die Erde still geküsst, dass sie im Blütenschimmer von ihm nun träumen müsst.*

Die Wiese war so verstörend schön, dass Olga beim Gedanken an sie nicht schlafen konnte, schon gar nicht bei Vollmond. Sie hätte die Margeriten in riesigen Sträußen ins Haus tragen wollen, aber die Blumen schützten sich vor solchen Raubattacken, indem sie einen wilden, tierischen Geruch verströmten, sobald man sie vom Erdreich trennte. Sie ließen sich nicht zähmen für den dekorativen Gebrauch.

Wann, fragte sich Olga, hatten die Margeriten aufgehört, diesen wilden Geruch zu verströmen, und angefangen zu stinken? In welchem Alter war das Wort »stinken« in ihren Wortschatz geraten?

Olga saß wie hypnotisiert im Wohnzimmer und hörte durch die Glasscheiben, wie der Wind durch die Margeriten stürmte – der mächtige Geselle, der von der Passhöhe herunterkam und am Haus rüttelte. Die Margeriten aber spielten mit ihm, sie wussten mit dem Mächtigen umzugehen. Der Wind konnte ihnen nichts anhaben.

Jedes Jahr von Juni bis Juli tanzten die Margeriten. In dieser Zeit verbrachte Olga viele Nächte in Arkadien.

Ihr Arkadien war klein. Mit den Füßen konnte sie es in Minuten umrunden, mit den Augen aber konnte der Spaziergang auch Stunden dauern. Sie hatten ihren eigenen Rhythmus. Sie konnten blitzschnell gehen und ihr Ziel in kürzester Zeit erreichen, aber sie konnten auch unendlich langsam hin und her wandern, an Einzelheiten verweilen, die Bilder herein- und die Zeit hinter sich lassen.

Das Gehen mit den Füßen war eine Aufgabe, die Olga im Frühling, Sommer und Herbst nicht ungern auf sich nahm: Es galt zunächst, die zusammengebundenen Bäume und Sträucher wieder von der Einschnürung zu befreien und von abgestorbenen Ästen und Laub. Sie mussten ein wenig aus dem Winterschlaf geschüttelt werden, man musste ihnen gut zureden, ihnen das Erwachen schmackhaft machen. Dann, im Spätsommer, lief man mit der Mähmaschine und dem kleineren Rasenmäher auf der Wiese herum, und im

Herbst wurde alles wieder für den Winter vorbereitet und die Felsenbirne eingehagt, damit die Hirsche im Winter keinen Schaden anrichteten wie im ersten Jahr, als sie den Baum fast zerstört hätten.

Kam sie einmal spätnachts nach Hause, konnte es sein, dass sie die Hirsche dabei erwischte, wie sie in den Garten eindrangen, aber kaum hatten sie Olga bemerkt, flohen sie, und Olga sah nur noch ihre weißen Hintern in der Dunkelheit verschwinden.

Und jedes Jahr diese Spannung: Kommen sie wieder, die Margeriten? Olga ging gebückt herum, mit der Nase fast auf dem Boden, und suchte nach ihren kleinen ersten Blättern, die sie mittlerweile gut kannte.

Es gab nichts auf der Welt, was Olga das Werden und Vergehen deutlicher vor Augen führte als die eigene kleine Wiese. Als meine Wiese, dachte Olga.

Auch im Winter waren die Margeriten da, man wusste sie unter der weißen Decke. Gelegentlich legte ein Tier seine Spurbilder in den Schnee. Unterdessen hatte Olga gelernt, sie zu lesen: das Schnüren des Fuchses, das Hoppeln des Hasen. Aber sie waren immer da, die Margeriten, sie waren die Erinnerung der Wiese, und wenn die Bedingungen stimmten, tauchten sie im Frühling wieder auf aus der Tiefe, und der Tanz begann von Neuem.

Olgas Wiese grenzte auf der Südseite direkt an ihr Haus und anschließend an die viel größere Wiese des Bauern, die sich ebenerdig ausweitete bis zum Horizont, um dort in kleinen, mit bewehrten Sträuchern, wilden Rosen und Berberitzen bedeckten Terrassen bis zum schäumenden, tosenden Fluss hinunterzufallen.

Die Terrassen konnte Olga aus ihrem Haus, das alleine stand, nicht sehen. Sie hatte diesen Teil ihrer Landschaft erst entdeckt, nachdem sie Großmutters Haus auf dem nahen Hügel verkauft hatte und hier am Rande des Dorfs in ein kleineres eingezogen war. An einem Abend, als ihr die Decke auf den Kopf fiel, hatte sie ihre Stiefel angezogen und endlich, von Neugier gepackt, begonnen, die Umgebung zu erkunden.

97

In den letzten Winterwochen stand Olga einmal im siebten Stock eines Hochhauses am Fenster und starrte in die nächtliche Stadt. Der Wind hatte an den Fenstern gerissen und gejault. Durch die hellen Vorhänge schien das Licht der Stadt, dieses diffuse rötliche Licht – ganz anders als die kühle Helligkeit der Vollmondnächte in ihrem Dorf.

Es war vier Uhr. Ein Rauschen, das langsam zu einem Brausen anschwoll, hatte Olga ganz und gar geweckt, und sie musste plötzlich an ihr Haus denken, so ganz allein ohne andere Häuser am Rande des Dorfs, dort in der Dunkelheit unter dem Sternenhimmel. Als ob sich zwei Gegensätze magnetisch angezogen hätten, öffnete sich ein imaginärer Vorhang, und die Wiese in den Bergen zeigte sich ihrem inneren Auge mitten in diesem Lichtermeer. Und Olga dachte an sie, an ihre Margeriten, und an ihren Frühling, der bald auch dort, jenseits des Atlantiks, zaghaft Einzug halten würde. Und an ihre Katze dachte Olga, wie sie am Fenster saß und in die Nacht hinaus lauschte und spähte.

98

Hinter dem Haus fuhr der Wind seit den frühen Stunden durch die Sträucher und weckte in Olga wieder das Verlangen nach hohem Gras.

Sie war jetzt in dem Alter, in dem man begann, einzelne Wörter im Ozean der Sprache zu verlieren, und gelegentlich Zeit brauchte, um das richtige Wort aus den Tiefen an die Oberfläche zu befördern.

War der Wunsch nach hohem Gras ein Versuch, etwas längst Vergangenes herbeizuholen?

Es brauchte Zeit, in all das, was einem geschah, hineinzuwachsen. Die Erinnerung war lebendig. Die hellen Sommernächte hatten überdauert und drängten sich immer öfter in ihren kurzen Schlaf.

Die Wiese brachte Olga immer wieder auf Abwege, schickte sie auf Reisen. Ihre Gedanken schwärmten aus in alle Zeiten und in alle Himmelsrichtungen, bis in die entferntesten Winkel der Welt.

Auch in jene Landschaft in Ecuador, wo auf jedem Hügel ein einziger junger Eukalyptusbaum stand, der aus der Ferne aussah wie ein einzelnes Haar auf einer menschlichen Glatze.

Auch an den Sangay dachte Olga, den Vulkan, der manchmal ein Wölkchen als Zeichen seiner Aktivität schräg in den Himmel hinaufjagte.

In den Übergangszeiten geizte die Wiese mit ihren Reizen, verlangte Geduld, wollte Zeit haben, um ihre Kräfte zu sammeln und dann im Frühling explosionsartig in all ihrer Schönheit zu erblühen.

Und während Olga ihr Frühstücksei köpfte, tauchte aus unerfindlichen Gründen aus der Wiese noch die Erinnerung an einen anderen Morgen auf, an einen Morgen mitten im ecuadorianischen Urwald am Ufer des Aguarico. Da waren diese unglaublich riesigen, veilchenblauen Schmetterlinge erschienen und auf dem dunklen Hintergrund aus tausenderlei Grün vorbeigeschwebt. Und ihr vis-à-vis saß Radu, der hatte Augen, als seien die Schmetterlinge geradewegs daraus entwischt. Und das Grün des Urwalds in all seinen Schattierungen und mit seinen tausend Geräuschen begleitete sie, bis der Aguarico einen Arm nach rechts ausstreckte und die Sommervögel mit sich nahm.

Einmal hatte ihr Anna, das Nachbarskind, erzählt, die die Wiese im Juni in vollster Pracht kannte, sie habe geträumt, sie läge dort flach auf dem Rücken, und die Margeriten seien zitternd aus ihrem Fleisch in die Höhe geschossen, die Stängel dicht an dicht, und blitzschnell hätten sich die Blüten entfaltet. Sie sei ganz und gar zu einem Teil der Wiese geworden, es habe überhaupt nicht wehgetan. Dann sei plötzlich eine Kuh am Rande der Wiese aufgetaucht, habe in die Runde geschaut, sei langsam auf sie zugekommen und habe die Blüten in aller Ruhe gefressen.

99

Der Landschaft ist die Kindheit am nächsten. Olga war tagelang barfuß durch die Wiesen gelaufen, das taufeuchte Gras brachte einiges in Bewegung. Zunächst erkundete sie die Nähe rund ums Haus, und dann traute sie sich immer weiter weg, in konzentrischen Kreisen. Niemand kannte die Umgebung besser als sie: die Häuser, Scheunen, Hütten, Bäume und Sträucher und die Tiere und Menschen, die dazugehörten.

Auch der heiße Asphalt unter den Füßen, der in der Hitze den Teer ausschwitzte, der Rasen des Nachbarn, das steinige Ufer des verbotenen Flusses, dort, wo er aus der Schlucht hervorbrach, die Hänge, wo Feuerlilie und Frauenschuh wuchsen, das war das Reich ihrer Kindheit, geschmückt mit ganzen Brennnesselfeldern, mit Straßen und Gassen und dem hellen Haus der Großeltern, wo sie seit dem Verschwinden der Eltern lebte. So unmittelbar begegnete ihr die Landschaft später nie wieder.

100

Wenn sie zu tief ins Glas geschaut hatte, konnte Elsa besonders philosophisch daherreden.

Was wird von uns übrig bleiben?, fragte sie Olga, als sie sich nach dem Essen noch zusammen auf die Terrasse setzten.

Und ohne eine Antwort abzuwarten, fuhr sie fort: Von uns, überwältigt von Illusionen, von Phantasien und Träumen, wird nichts übrig bleiben, unsere Polstersessel werden nirgends stehen, später, und unsere Träume werden sich im All verflüchtigen und nicht mehr zurückkehren in unsere Betten; die Schuhe werden sich aus dem Staub machen und einsam über unbewohnte Gegenden laufen, dem Vergessen zu.

Dabei geriet sie ein wenig außer Atem.

Zum Nachtessen hatte Olga Kartoffeln aus dem Ofen und die grünen Würste aufgetischt, die Elsa so mochte. Weil sie zwei Gesichter haben, sagte sie. Eins am Anfang und eins am Ende. Oder zwei Anfänge? Oder zwei Enden? Egal, sagte Elsa, Würste schmecken und geben Kraft. Und das Wichtigste, fügte sie hinzu: Man kann mit dem Messer selber bestimmen, wo der Anfang und wo das Ende sein soll. Und wie sich die beiden Gesichter gleichen! Jeder Anfang schielt aufs Ende … und das Ende ist gleichzeitig der

Anfang der nächsten Wurst, denn sobald eine Wurst sich ihrem Ende nähert, beginnt die Wurstmaschine schon mit der nächsten Wurst.

101

Die Landschaft im Vordergrund war bucklig. Spärlich mit Schnee bedeckt waren nur die höchsten Stellen der Buckel, und sie erinnerten ein wenig an Schaumkronen im Meer. Irgendwo mittendrin in einer Kuhle konnte man die Umrisse weniger Häuser ausmachen. Auf einer Anhöhe flackerte ein Licht, und in ihrem Kopf drehte sich alles.

Es gab diese Augenblicke, in denen sich verschiedene Schichten von Erinnerungen überlagerten.

Olga wusste nicht mehr, wo sich diese bucklige Landschaft befand. Das Haus auf der Anhöhe, wer hatte darin gewohnt?

Geblieben war ihr ein Bild von letzten Gräsern am Rande einer Böschung. Der Geruch von etwas lange Vertrautem stieg ihr in die Nase. Es war einer dieser Orte gewesen, wo man die Augen mit der Hand abschirmen musste, um etwas zu sehen. So gleißend war tagsüber das Licht, man wurde beinahe blind. Aber nachts öffnete sich das Universum: Eine gewaltige Fremdheit in die Vergangenheit und eine gewaltige Fremdheit in die Zukunft tat sich auf. Wo war das alles gewesen?

102

Im Laufe ihres Lebens war Olga schon ein paarmal dem Tod begegnet und hatte dabei nichts von alledem empfunden, was man gemeinhin mit ihm in Verbindung bringt. Es waren Momente äußerster Konzentration gewesen, Momente, in denen das Staunen im Vordergrund stand.

Als sie ins Zimmer trat, erschrak sie trotzdem vor den übergroßen Augen mit dem brennenden, nach anderswo gerichteten Blick. Olga nahm einen Stuhl und setzte sich neben das Bett.

Es war Frühling, die Zeit, in der man Elsa sonst jeden Tag im Garten des Gelben Hauses beim Säen und Pflanzen sah.

Wenn der Mond jung ist, sagte Elsa in diesem Moment kaum hörbar, wenn er jung ist, soll man keine Blumen pflanzen.

Beim Anblick von Elsas Augen, die vom Tod schon wussten, erwachten die hellen und die finsteren Momente ihrer gemeinsamen Geschichte. Mit Elsa war auch die Großmutter noch eine Weile lebendig geblieben. Es kam Olga so vor, als würde die Großmutter nun ein zweites Mal sterben.

Im Gesicht von Elsa fehlte nur noch der dazugehörende offene Mund, der die letzten Luftzüge gierig einsaugen würde und dann vor Aufregung oder vor Erstaunen offen bliebe.

Alte Frauen kriegten am Ende ein Vogelgesicht und glichen einander wie Schwestern, dachte Olga. Ihre Verwandtschaft zeigte sich am deutlichsten, wenn die Grenze, dieser winzige, unendliche Moment, überschritten war. Das Fleisch verschwand aus ihren Gesichtern, die Augen sanken in ihre Höhlen zurück, und die Knochen traten hervor. Vor allem die Nase bekam ihre nur durch die Knochen definierte Form. Je näher der Tod, desto größer wurde die Nase.

Davor hatte Elsa an manchen Abenden vielleicht »Are You Lonesome Tonight«, »Les feuilles mortes«, »Ne me quitte pas« oder »Besame mucho« gehört und sich erinnert an dies und das und vielleicht auch an den einen oder anderen, der jetzt noch in ihrem Kopf und in ihrem Körper herumirrte, wenn er Glück hatte und nicht schon verlegt und vergessen worden war. Auch Elsa hatte die Versuche zu lieben und die vergeblichen Versuche, ohne Liebe aus- und davonzukommen, gekannt, ahnte Olga. Die Sehnsucht war immer noch groß in Elsa und suchte sich in ihr einen Platz, bis zum letzten Atemzug.

Im vergangenen Jahr war der Abwasch immer öfter liegen geblieben, die Pfannen mit den Krusten, die Stapel von unerledigter Wäsche und sonst Unerledigtem; die Post lag ungeöffnet herum, und im Garten waren die Johannisbeeren mit dem frühen Herbstreif auf den Boden gefallen.

Das Leben war ein kleiner, vibrierender Moment

gewesen, und jetzt lag Elsa da mit ihren übergroßen Augen, erstaunt, dass er schon vorbei war.

Während Olga zusah, wie sich das Gesicht langsam in ihr Vogelgesicht verwandelte, ließ Elsa überraschend einen Fluch aus ihrem Mund entweichen.

Wenn eine Alte flucht, hatte die Großmutter gesagt, hat das nicht unbedingt mit Demenz zu tun. Selber weiß ich, dass es auch eine über viele Jahre unterdrückte Lust sein kann, sich zu rächen für die tausend kleinen Zähmungsversuche in einem Frauenleben. Es hat etwas unerhört Befreiendes – wenn man endlich von niemandem mehr abhängig ist und niemandem mehr gefallen will –, die Worte in den Mund zu nehmen, die einem schon lange auf der Zunge brennen, hatte sie gesagt, dabei genüsslich an ihrer Zigarre gezogen und den Rauch mit einem Kussmund in den Himmel hinaufgeblasen.

Für ihre letzten Stunden hatte Elsa die silberne Kette mit dem Amulett in Form eines Schatzkästchens angelegt, die sie von ihrer Mutter bekommen hatte. Olga erinnerte sich, was Elsa ihr über diese Kette erzählt hatte: Erst kurz bevor ihr Körper verstummte und erst nach einigen Streifungen des Herzens hatte Elsas Mutter ihr etwas aus ihrem Schmuckkästchen geschenkt. Es war der *Fremden Frau*, wie Elsa ihre Mutter nannte, nicht gelungen, ihre Tochter zu lieben. Erst ein kleiner Infarkt hatte ihr Herz für Elsa geöffnet, und sie hatte ihr das kleine silberne Amulett gegeben, das der Vater einmal aus Afrika mitgebracht hatte. Es war nicht von großem Wert, aber Elsa hatte daran die versöhnliche Geste ihrer Mutter geliebt.

103

Es war so still im Haus, als sie die Tasche mit Elsas Sachen im Eingang abstellte. Es war die Art von Stille, die verstörend sein konnte.

Olga war froh, als plötzlich die nur angelehnte Haustüre vom Wind aufgestoßen und eine Stimme von außen in den Raum hineingetragen wurde. Der Nachbar stand im Garten und stritt sich mit seiner Frau.

Auf der Rückfahrt vom Spital zurück ins Dorf hatten die Toten aus ihrem Leben angefangen, ihr zu fehlen: alle aufs Mal, schlagartig – und mit einer unerwarteten Heftigkeit. Es war, als hätten sie sich in ihrem Innern aufgereiht, stumm, mit harten Augen Olgas Aufmerksamkeit fordernd.

Mit dem Voranschreiten der Zeit verband sich alles noch mit etwas anderem, und so überzog mit den Jahren ein dichtes Netz die eigene Welt. Darin war man aufgehoben – oder gefangen, ob man wollte oder nicht.

Olga stand, immer noch im Mantel, im Wohnzimmer und schaute hilflos um sich.

Ihre Hand griff in die linke Tasche des Regenmantels und nahm das Amulett heraus, das Elsa ihr in ihren letzten Augenblicken geschenkt hatte.

104

Mit Olga kam auch die Dämmerung ins Zimmer. Sie warf den Kopf in den Nacken und blickte zur Türe zurück, als sei sie nicht sicher, hier in ihrem Haus willkommen zu sein. Draußen roch es nach Vergänglichkeit in diesen Tagen.

Am Nachmittag hatte sie einen langen Spaziergang gemacht. Ein wenig gegen ihren Willen hatte sie dabei an Radu denken müssen, aber wenn sie an ihn dachte, wurde es hell in ihr, dann nahm sie den weichen, lautlosen Gang einer Katze an und trottete einer dunklen Spur entlang in der Zeit zurück, bis Radus Geruch ihre Nase erreichte. Sie zog die Schuhe aus und setzte sich noch eine Weile in den Garten.

In letzter Zeit meldete sich immer öfter der Hunger nach der Schneedecke, die sich jedes Jahr von Neuem wie ein Pflaster auf die Seele legte und die Aufregungen des Sommers vergessen ließ. Die Seele musste im Winter nicht mehr ständig gefüttert werden, sie konnte in Ruhe vom Reichtum des Sommers zehren und den Überfluss an Dunkelheit nutzen, um ihre Vorstellungskraft zu trainieren.

Gelegentlich ließ sie in Gedanken zwei Tiger über einen schmalen Weg immer weiter und weiter weg in die Unendlichkeit laufen, bis sie ganz klein wurden, immer kleiner, bis man sie fast nicht mehr sah. Dann stockte ihr Schritt. Die Tiger drehten sich um, kamen ihr entgegen, wurden größer und immer größer und standen schließlich direkt vor ihr.

105

Während Olga gedankenverloren auf den Bildschirm starrte, lief dort ein alter Film: In einem ganz in Dämmerung getauchten Zimmer saß eine junge Frau mit einem hellen, porenlosen Teint am Fußende ihres riesigen Betts. Die Fremde trug ein weißes Kleid, das Olgas Aufmerksamkeit auf sich zog. Es sah fast so aus wie jenes, das sie als junges Mädchen an einem Silvesterabend getragen hatte. Ihre Großmutter hatte es lange aufbewahrt, hatte es reinigen lassen, und kurz vor ihrem Tod hatte sie es Olga noch einmal geschenkt. Es hing jetzt im Schrank. Es roch nicht mehr nach jenem Silvesterabend, und es roch nicht mehr nach ihm.

Auch von der nächsten Begegnung mit ihm an einem See im darauffolgenden Sommer war nicht viel geblieben, aber genug. Irgendwann im Laufe des Einnachtens hatte sein Arm schwer auf ihrem Bauch gelegen. Der Mond hatte sich nur kurz zwischen den Wolken gezeigt, und dabei war ihr Blick auf die Innenseite seines Handgelenks gefallen: Die blasse Haut schimmerte wie das Herz einer Muschel.

Später war draußen auf dem schwarzen Wasser ein hell erleuchtetes Schiff vorbeigeschwebt, und der Wind hatte die Klänge eines Ohrwurms ans Ufer herübergeweht.

In jener Nacht hatte Radu ihr erzählt, irgendwo auf einer fernen Insel würden Menschen leben, die dem Traum eine andere Bedeutung gaben. Träumte jemand von einem Stern und erzählte am nächsten Morgen von seinem Traum, so galt er von nun an als Wissender in Sachen Stern. Er habe, hatte Radu gesagt, vom Großen Bären geträumt. Es war das Sternbild, das die Sommersprossen auf Olgas linkem Unterarm bildeten.

Unterdessen war das Wort *Ende* auf dem Bildschirm zu sehen. Olga stellte den Fernseher ab und blieb noch eine Weile am Fenster stehen. Draußen auf der Wiese war noch Winter.

Die Großmutter hatte ihr damals das Kleid für den Silvesterball gekauft, ein schneeweißes Kleid aus Spitzen. Nie wieder hatte sie ein so schönes, ein so helles Kleid getragen. Jetzt konnte sie verstehen, warum in anderen Kulturen die Toten in Weiß gekleidet wurden. Das Bedürfnis nach Licht wuchs ins Unermessliche, je dunkler es in einem und um einen selber wurde.

Im Winter war die Zeit manchmal leicht eingefroren. Die Tage blieben im Haus stehen und ließen das Draußen unbeachtet vorbeigehen, während die Stunden sich drinnen ausdehnten und wuchsen bis in die jungen Nächte hinein, die nach Aufbruch rochen, nach Frühlingswiese und nach Radus Apfel, den er sich schnappte, wenn er zu einem Abendspaziergang aufbrach.

Oft aber endeten solche Zeitausflüge in einem Traumgetümmel, und es fiel Olga schwer, am nächsten Morgen den Ausgang wiederzufinden. Trotzdem verirrte sie sich gern in diesen Gefilden, wo die Wolken kleinere oder größere Löcher bildeten, um den Mond durchzulassen, der immer einen Ausweg aus den Korridoren der Labyrinthe versprach.

Radu war der pulsierende Stern solcher Nächte. Irgendwie gelang es ihnen, die irdischen Dinge in eine Art Stillstand zu versetzen, der Olga mit jedem Mal vertrauter wurde und so das Vergehen der Zeit erträglicher machte. Sie blickte hinüber auf die andere Seite des Tals. Bald würde es Frühling werden. Dann kam einem die Landschaft entgegen, Bäume und Büsche plusterten sich auf, rückten immer näher, dick eingepackt in ihr wucherndes Blätterwerk. Seltsam, im Winter trotzten sie ganz nackt der Kälte, und wenn die Temperaturen stiegen, wenn auf den Wiesen und an den Hängen nur noch wenige Schneezungen lagen, zogen sie sich an – ganz im Gegensatz zu den Menschen.

Langsam senkte sich die Dämmerung aufs Haus. Gerade lief draußen die Katze über die Straße, und im gleichen Moment ging die Straßenlampe an. Der Kleine Tiger trat in den Lichtkreis und setzte sich hin. Im Frühling brachte er abends regelmäßig mehrere Mäuse nach Hause. Als Erstes eine große, saftige Maus, der er schmatzend die Knöchlein brach. Danach noch ein bis zwei Spitzmäuse, die schmeckten ihm nicht, aber es lag dem Tier offenbar daran, dass Olga nicht ganz leer ausging.

Sie verließ ihren Platz am Fenster, füllte die Fruchtschale im Eingang mit frischen Äpfeln und begann, wie jeden Abend, den Tisch für zwei zu decken. Bald würde Radu eintreffen, er hatte versprochen, spätestens um acht da zu sein.

© Georg Luzzi

LETA SEMADENI, geboren 1944 in Scuol, Engadin, studierte Sprachen an der Universität Zürich. Lehrtätigkeit an verschiedenen Schulen in Zürich und im Engadin. Arbeitsaufenthalte in Lateinamerika, in Paris, Berlin und New York. Seit 2005 lebt und arbeitet sie freischaffend in Lavin. Leta Semadeni schrieb zunächst vorwiegend Lyrik, auf Romanisch und Deutsch, die sie selbst in die jeweils andere Sprache überträgt. Nach dem großen Publikumserfolg *Tamangur* legt sie nun ihren zweiten Roman vor. Semadeni wurde vielfach ausgezeichnet: 2016 mit dem Schweizer Literaturpreis, 2017 folgte der Bündner Kulturpreis, 2020 der Josef Guggenmos-Preis.

ATLANTIS

Rebecca Gisler

Vom Onkel

Roman

Früher waren sie wie drei Kinder, den ganzen Sommer lang. Jetzt pfeift der Onkel aus allen Löchern, und Nichte und Neffe haben beschlossen, zu ihm zu ziehen. Eine WG am Ende der Welt.

Während der Bruder sich den Obstbäumen widmet, erkundet die Schwester den Onkel und seine in dreißig Jahren Alleinleben entwickelten Eigenarten. Eine ungemütliche Familienlandschaft breitet sich aus, in der ein Wohnblock in Paris und ein Haus am Hang in der Schweiz Fixpunkte sind – und einen Bruder zu haben ein heimlicher Segen ist.

»Die Figur des Onkels ist für mich ein Hüter der Kindheit.«
Rebecca Gisler, Gewinnerin des Open Mike 2020

»Man will sogleich mit der Stimme alles laut mitlesen, mitleben, um dem Atem des Satzes und der Satzzeichen innerlich zu folgen.«
Marica Bodrožić, Open Mike-Laudatio

ATLANTIS

Martin R. Dean
Ein Stück Himmel
Roman

Drei Jahre haben sie sich nicht mehr gesehen, ein schrecklicher Unfall bringt sie wieder zusammen: den Arzt Florian Füssli und den Künstler Samuel Butt, der nach einem Sturz gelähmt ist. Florian will seinen Freund aufrichten und gleichzeitig verstehen, was eigentlich vor drei Jahren passiert ist. Samuel ist damals mit einem Kunststipendium nach Rom gegangen, und plötzlich brach der Kontakt ab.

Ein Stück Himmel stellt existenzielle Fragen nach Freundschaft und Liebe, Leben und Tod, nach Nutzen und Grenzen der modernen Medizin – ein ebenso beklemmender wie leichtfüßig erzählter Roman mit einem verblüffenden Showdown.

ATLANTIS

Max Frisch
Blätter aus dem Brotsack

Erweiterte Neuausgabe
Mit einem Nachwort von Tobias Amslinger

Am Morgen war er noch im Wald, Eschen für ein Taubenhaus zu schlagen – da läuteten die Glocken. Es ist der 1. September 1939 – Generalmobilmachung. Den jungen Architekten verschlägt es in ein Tessiner Bergdorf, wo die Kinder den Soldaten helfen, das Schulhaus auszuräumen und der Spätsommer mit den blauen Trauben an den Reben leuchtet.

In *Blätter aus dem Brotsack* erzählt Max Frisch das unmittelbare Erleben, den Schock des Kriegsausbruchs – ein Jahrhundertereignis, das nicht zu fassen ist und doch alles verändert. Noch ist es wie ein böser Traum, aus dem man bald zu erwachen hofft. Die ersten Wochen Soldatenalltag, Bergmärsche mit Blick auf die Gipfel, ein Fußballspiel, das das Krankenzimmer füllt, Abende am Kamin, all das schiebt sich vor die andere Wirklichkeit, die aus dem Radio zu ihnen dringt.

Frischs frühes Werk wurde zu Beginn des Jahres 1940 bei Atlantis publiziert. Die Neuausgabe schlägt nicht nur eine Brücke zu den Anfängen des Verlags, sondern enthält erstmals auch die Blätter von Ende 1940, wie vom Autor selbst seinerzeit angeregt.

ATLANTIS

Fritz Meyer
Ich unter anderem

Roman
Mit einem Vorwort von Felix E. Müller

Aus dem Roman, der im Zürich der frühen vierziger Jahre und in einer Stadt am Meer spielt, spricht ein Suchender. Ein Skiunfall mit kompliziertem Beinbruch fesselt den Erzähler, elternlos und Lehrling bei Spörri & Co, ein paar Monate ans Krankenbett. Bald empfindet er die regungslose Rückenlage als Zustand des Glücks. Der Blick nach oben, ins Offene, begünstigt das Denken, und er begibt sich in das Labyrinth des eigenen Selbst.

Ich unter anderem zieht mit langen, atmenden Sätzen, die an Camus erinnern, in den Bann, und die Modernität in Ton und Erzählung des erstmals 1957 erschienenen Romans versetzt in Erstaunen.

Fritz Meyer wurde 1914 in Zürich geboren. 1946 ging er nach Paris, um sich dem Schreiben zu widmen; zu Lebzeiten erschienen vier Bücher. 1964 starb Fritz Meyer, einsam und vergessen, in einer Zürcher Klinik.

»Zeitgenössische Literatur fand ohne diesen Dichter statt, der dennoch viel stärker, viel engagierter zur Moderne gehört als mancher Autor mit gut klingendem Namen.«
Aus dem Nachruf von Hugo Leber, Tages-Anzeiger